文成天縱

明刻古典戲曲六種（外一種）

3

《明刻古典戲曲六種（外一種）》編寫組　編

广西师范大学出版社
GUANGXI NORMAL UNIVERSITY PRESS
·桂林·

第三册目録

明刻坐隱先生精訂陳大聲樂府全集

八卷

〔明〕陳鐸撰　〔明〕汪廷訥訂

明萬曆三十九年（一六一一）汪氏環翠堂刻本

環翠堂精訂陳大聲梨雲寄傲

高士里藏板

全一

坐隱先生

精訂陳大聲樂府全集序

樂府詩之變也而調諧律呂字以協
陰陽韻詩實難為之至以詩韻
為曲韻者十常八九竟知其
曲韻嚴不可假借較詩韻如之
說乎樂與先生 諱鐸矣自堂

天縱家

國家以南曲名者已處千百家乃之三吳急遽專按拍花前雨泉教坊彈絲撥醉纓一聞便度若大聲諸曲其言聽者神動色飛飛此何以故深識大聲

之歎豔而意新聲婉而韻諧至謔貼人情描寫物態有發前人所未發乃何元朗極至稱協王元美服其當行也知言哉顧全集人率罕見惜世以蒐奉新都邑野汪使

君手自校訂付之剞劂為海
內一快心事蓋昌朝博雅多能
尤長於聲律其所撰樂府
數十種一遵大聲矩度而
豈絕世楷過之以徵臭味之投固
宜不憚心力俾至美而傳之賞

音者取是集與環翠堂稿並玩之二系風雅和平想見也

萬曆歲在昭陽大淵獻上巳日中順大夫知江西瑞州府事友人湯有光拜撰

同社朱銑書

汪昌朝精訂陳大聲全集序

汪鏜使昌朝閒園松蘿山下吞煙霞而吳湖水胸中瀠瀠不染一塵究心三教之餘時或游戲詩賦詞曲以放風雅者歸其標格豪俠者重其意氣菁華者愛

其詞章懷慨者推其直諒不佞因是以納交于昌朝昌朝且與不佞稱莫逆矣昌朝觸事即景輒度新聲纔四易寒暑著已成樂府數十種不佞讀之見其清音亮節綽態柔情恍若有神解焉

者此雖昌朝才情贍哉而究所
從入則得于陳侯大聲者居多
也大聲金陵將家子生當弘正
昇平之世乃以詞曲鼓吹休明
直闖金元作者之閫奥其所著
有梨雲可雪月香納錦郎諸稿

而滑稽餘韻太平樂事則又妙極俳諧令人絕倒大都流麗清圓豐藻綿密事盡而思不乏趣言淺而情彌刺骨以彼作手豈獨為　昭代白眉哉前無古人矣昌朝不及與吳生同其時曰

取遺編徜徉湘山之際不覺有
心領而神會者固宜著作之富
直與大聲照映後先也昌朝不
忍大聲諸作散逸無統乃手自
訂彙而更以詩詞二類並草堂
餘意附刻刻則知環翠稿中所

載某宮用某韻不少混淆者其
體裁皆有所本也梓成予益表
章之
侯官友弟曹學佺頓首書

乙未進士
曹學佺
曹能始

刻陳大聲全集自序

曲雖小技乎摹寫人情藻繪物采實爲有聲之畫所忌微獨鄙俚而不馴亦恐饒洽而太晦即雅俗並陳矣倘律韻少舛其于合作無當也蓋律以定調韻以韡聲律不叶則拂于板韻不諧

則噎於喉詞隱先生極意釐正
良苦心哉不佞于此技未窺一
斑私心酷好之金元作者尚矣
于
昭代獨壯面陳大聲氏大聲以
簪纓世家生當江左風流之地
陶瀉襟抱恣吐才華布景傳情

動成美善其所著若梨雲寄傲若可雪遺編若月香小稿若納錦郎傳奇若滑稽餘韻若太平樂事長篇短令無不使人解頤揔之其韻嚴其響和其節舒詞秀而易晰音諧而易按言言蒜酪更復擅場借使騷雅屬耳擊

節賞音里人聞之亦且心醉其
真詞壇之鼓吹而俳諧之傑霸
乎不佞每對蘿月湖雲手取數
闋長謳一過神思飛越竟不知
此身在人間世也第原刻不善
日久益復糢糊乃自精訂授之
剞劂而並以草堂餘意詩詞二

韻附其後庶作者知詩與詞各
自為韻不得吕已意相假借也
若九宫之譜具載涵虚子幼平
南二譜中不佞何庸贅

旹

萬曆辛亥仲春月上浣

新都無如汪廷訥序

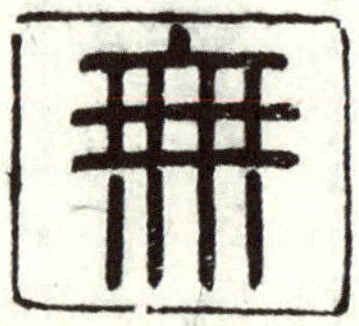

宗人汪泉湯書

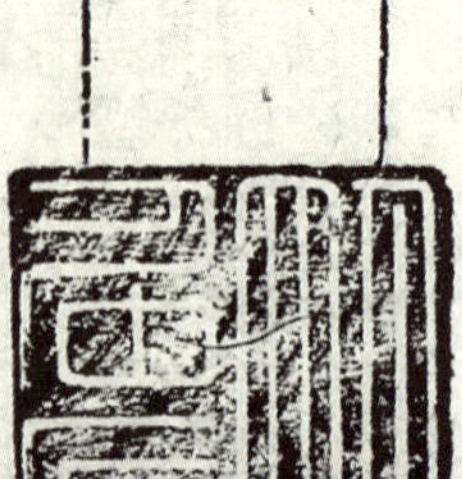

坐隱先生精訂梨雲寄傲目錄

套數

北中呂粉蝶兒

萬卷圖書　富文堂讌賞

南黃鍾畫眉序

花月滿春城　元夜

南仙呂一封書犯

池冰泮乍煖　春詞

北正宮端正好

珊枕畔麝蘭香　春情

北雙調新水令

碧桃花外一聲鐘　春情

枕痕一線粉香殘　春怨

南南呂香遍滿

因他消瘦　春怨

北雙調夜行船

減盡容光知爲誰　離恨

南錦庭樂

被兒餘枕兒單春寒較添　春怨

北南呂一枝花

北商調集賢賓

鎖窗寒井梧秋到早　秋懷

憶吹簫玉人何處也　秋懷

北黄鍾醉花陰

窗外芭蕉戰秋雨　秋懷

南雙調十二紅

伴孤燈三更情況　閨怨

北南吕一枝花

清光亂乳鴉　詠月

天空碧水澄　賞重九

北越調鬬鵪鶉

靜泥泥繡戸重關　賞雪

小令

北鴈兒落帶過得勝令

贈隱士二首　春情二首

北脫布衫帶過小梁州

贈妓

南二犯江兒水

閨怨四首

北小梁州

嘲風月 二首　　詠素香囊

南駐雲飛

春情集古 四首　　夏景

北沉醉東風

詠崔鶯鶯 六首　　贈僧 二首

閒情用轉應體 三首　　離情用轉應體 二首

詠牡丹　　詠花柳用轉應體

詠骷髏笛　　詠蚕

詠桃花比妓　　花月志感

溪隱　　春遊

詠背面美人　客舟

坐隱先生精訂梨雲寄傲

新都環翠堂蔵板

套數

富文堂讌賞

（北中呂粉蝶兒）萬卷圖書。錦亭臺。鬧花深處。值清朝事簡公餘。寵光深。人物勝。德星相聚。坐客無虛。要平妝午橋佳趣。

（南泣顏回）談笑有鴻儒。盡是文章儔侶。綸巾布氅。交參紫綬華裾。飛觥走斝。看笙歌羅列尊罍具。樂陶陶景媚時良。閑遨遨體廣情舒。

（北賽鴻秋）到春來策吟節剛詠徹梅花句。喜春和試羅裳閑倚遍闌干玉趾春晴縱青鞋慢踏損蒼苔綠。恐春深下珠簾不放入垂楊絮。無意送春歸。有意留春住。分付杜鵑聲省可里催春去。

（南普天樂）繡圍遮銀屏護芳草徑天桃塢。好相看照眼芳菲。怕甚麼妬花風雨。幾番痛飲西園暮。兩行紗籠燒銀燭。海棠風蕩漾紅綃。薔薇露點滴明珠。有清油小盖。畫壁輕車。

（北脫布衫帶過小梁州）鬧雕檻燕子鶯雛。點清池睡鴨飛鳬。紅萱草芳毿半吐。紫丁香細心微露。（一）坐對南薰倒玉壺細切菖蒲荷花十里錦雲鋪聽一片笙歌度風月賽西湖◯蟬聲兩兩鳴高樹夢初回碧簟紗幮閑將綠綺彈靜把黃庭註蘭湯新浴長日一塵無

（南鴈過聲）規模潭潭相府堪寫入王維畫譜水沉一縷摶香霧笑三閭傲陶朱正好懷寬放吟骨清臞汲泉煮茗調氷雪藕納涼揮麈把人間一時煩惱盡消除

（北醉太平）恰金風送暑早玉露滴梧碧天涼冷鴈來初與知音四五駕長風捉下天邊兎學長鯨吸盡

杯中物。弄長竿掣得水中魚。任狂歌怪舞。

南傾杯樂　須臾。十日霜幾夜風催綻東籬菊。砌湧層巒。泉飛靈竇。橋橫幽洞。門俯清渠。賦成鸚鵡。杯傾醽醁。又何須登高戲馬憶東徐。

北貨郎兒犯　寒不到重簾深戶。錦片似氍毹低簇簾鉤十二。控珊瑚。下着錦帳。擁着紅爐。對着玳筵前粉一攢花一簇。捧着羊羔。斟着馬乳。勸着瓊酥。有繁絃急管。每分曹部。演呈祥獻壽梨園這詞賦。吹的吹彈的彈教習得精熟。翡翠鐺瀹龍團鳳餅。壓盡陶穀氣昂昂居着清要。名赫赫執着金吾。安享昇平無限福。

（南小桃紅）侍　虞廷陳裨補。入洛社論今古。虎帳談兵。嚴法令。施鎮撫。古來幾箇文兼武。眼前那有濤而富。那堪謙德通跡。

（北伴讀書）簡書文半遍蘇。詩律法全學杜。走蚪驚蛇寫一筆唐懷素。好奇觀雅玩娛心目。有商彝周鼎多陳布。所事俱足。

（南普賢歌）遍江山古跡圖。總金石名賢籙。博考索精求募。看金匭名姓覆。專闔計請兵符。統雄卒運奇謀破妖胡獻降俘。試看他拜將封侯談笑取。

（煞尾）堂須造盟可續本是騷壇放浪徒豈待公孫
折簡呼

元夜

（南黃鐘畫眉序）花月滿春城燈火輝煌月華明看
人間幻出閬苑蓬瀛花燈燦表裏冰壺明月暎團圞
金鏡（合）帝京正值元宵令謳歌五穀豐登
（前腔）簫鼓動春聲綵結鼇山謾施逞看雲鬟翠袖
嬝娜娉婷人叢裏素手相攜燈影下香肩相並（合前）
（神仗兒）良辰美景良辰美景燈月千門烟花萬井
彩樓珠樓相稱有鬧竿百尺倒掛絨繩高點起萬枝

燈似落下滿天星。

（前腔）燈兒有名。燈兒有名。下下高高。齊齊整整。一盞牡丹。羣花簇定。更芙蓉菡萏。碧桃紅杏。金蓮沼水澄澄。琉璃塔熖騰騰。

（滴溜子）梅花燈梅花燈暗香踈影。雪花燈雪花燈玉潔氷清。繡毬。同心方勝。流蘇絡索垂。繖花盖頂傑閣重樓。千層萬層。

（前腔）魚龍燈魚龍燈影動畫屏。觀音燈觀音燈柳枝淨瓶。巧粧。諸佛諸聖。光明火熖中。神通大逞。三教百工。行行等等。

鮑老催　日華月精。金雞玉兎裁剪成。雲霄望處鐘鼓鳴。燈花爛。燈影斜。燈光映。圓燈宛轉方燈正。畫燈五彩紗燈淨。火傘兒紅油柄。

前腔　虎燈象燈。鴛燈鷺燈都像生。蝦燈蝌燈都像形。羅綺叢。錦繡圍。笙歌競。佳人繡轂穿芳徑。王孫寶馬敲金鐙。堪寫入丹青幀。

雙聲子　人歡慶人歡慶。預把佳期定。酒謾行酒謾行擺列華筵盛。奏錦箏奏錦箏。和鳳笙和鳳笙。任醺醺那管夜闌人靜。

前腔　宜春令宜春令。巧剪金花勝。烟靄輕烟靄輕

香裊黃金鼎。碧漢傾碧漢傾。斗柄橫斗柄橫任醺醺
那管夜闌人靜。
（尾聲）盤桓且盡今宵興。托賴着吾 皇聖明歲歲
年年賀太平。

春詞

（南仙呂一封書犯）池氷泮乍煖。小梅枝春尚淺。東
風正峭軟。受餘寒。簾半捲。萊簇青絲纖手。送剪就金
花媚綺筵。花燈正懸。酒杯漫傳。燈列星橋。酒似泉。杯
深勸。歌漫演。星毬高轉。舞腰旋。魚初躍。鶯乍囀。半晴
半雨養花天。

（皂羅袍犯）閑望誰家庭院。向亂紅深處。迸出鞦韆。彩繩高掛綠楊烟。金蓮顛倒空中現。王孫墻外。暫停錦韉。佳人墻裏。雙凭玉肩。無情半晌空留戀。逢歡處衣笑典。一春常費買花錢。駢珠翠。雜管絃。玉樓人醉杏花天。

（大河蟹犯）寶馬青衫裊玉鞭。花枝壓帽簷偏。十里湖光平似掌。草茵青展。留與遊人醉瞻眠。斜陽下。歸路遠。銅鞮齊唱馬頭前。尋春事到水邊。樓船人坐鏡中天。

（樂安神犯）蝶愁蜂怨。東皇容易老盡芳妍。落蘢臺樹有啼鴂輕風巷陌飛雛燕。一刻休虛度。秉燭向西園。醉後重開宴。詩頻詠。髭笑撚。淸狂俱是飲中仙。春歸去。最可憐。楊花偸莢自漫天。

（尾聲）試霜毫臨端硯。好吟詩句記流年。覓取鸞溪十丈箋。

春情

（北正宮端正好）珊枕畔麝蘭香。羅帕上鴛鴦字。引的人無明夜坐想眠思。不付能遂了今生志。又惹起閑愁至。

（滾繡毬）想着那抱銀箏寫怨詞。並香肩詠柳枝。我爲

他朋友中受了那許多譏刺。他爲我母親行惹的來
常是參差。他爲我針指上撇了半年。我爲他筆硯上
踈了許時。他敬我勝敬似飽文章玉堂學士。我愛他
更愛如擅風流金屋嬌姿。撇不的他腰欺楊柳風前
態。忘不的他口吐丁香桃上私。眼底何之。
（倘秀才）一箇是善歌舞梨園教師。一箇是知律呂蘇
州刺史。端的是才子佳人信有之。一箇懷春消粉暈。
一箇想像蹙神思。不分箇彼此。
（滚繡毬）好恩情半雲兒惡懸腸十二時。幾番家東
帖兒上錯僉了名字。有時節卦文兒中倒點了干支。

減何郎鏡裏容。添潘岳鬢上絲。怕姨夫爭悄似出柙虎兒。恨虔婆更恨如當道蛇兒。往常時種成合璧藍田玉。今日也砍倒栖鸞翠竹枝。展轉嗟咨。

（倘秀才）我為他寄相思寄到有百來篇小詞。他為我寫離恨寫到有千來張大紙。到如今都做了無打斷春蚕口內絲。約期在明月館。設誓在海神祠。虛勞了口齒。

（叨叨令）性踈狂播滿烟花市。病風流害損青雲志。思模糊懶寫蘭亭字。瘦伶仃羞看羅衫袵。兀的不想殺人也麽哥。路迢迢無箇人傳示。

（脫布衫）常想着喜春晴步蒼苔輕逐遊絲。動春心倚雕闌咲撚花枝。怯春寒下珠簾羞看燕子。訴春愁寄花箋暗央蝶使。

（小梁州）咱兩箇一綮相逢萬種思。留意孜孜。鞦韆庭院晚涼時。傳心事。撇下繡鞋兒。

（么篇）這姻緣不讓蒲東寺。想鶯鶯未必如斯。也曾向月底潛。也曾向花邊俟。雨雲情思。都做了斷腸詞。

（尾聲）今日也愁着風怕着雨青衫血淚應常漬。幾時得並着肩攜着手玉鏡鉛華恰再施。撥雨撩雲又如是。咏月嘲風舊相似。看香裊金爐篆一絲。喜梅印紗牕影半枝何粉韓香得重賜破鏡分釵得重視吐噀玉噴珠那才思展說地談天那胸次將翠幙雲屏畫設施把錦帳鴛衾重鋪肆說海誓山盟舊日思遂倚翠偎紅少年事解合歡帶兒鬆同心結子還記得喘吁吁立不定燈前那一箇人

春情

〔北雙調新水令〕碧桃花外一聲鐘繡衾寒喚回春夢香消金獸冷花落翠屏空雨雨風風攪斷的病兒重

〔駐馬聽〕帶結頻鬆瘦骨不禁愁冗冗眉峰難縱黛

蛾深鎖恨重重。瑤臺人遠信勞鴻。彩雲聲斷簫閑鳳。
惡相思千萬種。百般難把愁來送。
（鴈兒落）冷落了春風銅雀宮。間阻了夜雨陽臺夢。闌
珊了停雲燕子樓。寂寞了流水桃源洞。
（得勝令）單守着四扇矮屏風。三尺舊絲桐。總費囊中
藥。全消鏡裏容。簾櫳。步月無人共。花叢。尋春誰與同。
（川撥棹）我這里恨匆匆。晝偏長更又永。許多時歌歌
梧桐。帳冷芙蓉。酒盡瑤觥。不見了紅圍翠擁。望藍橋
無路通。
（七弟兄）對着這落紅。舞風。畫欄東。怯餘寒。簾簌金鈎

控寄閑情琴在錦囊封搵啼痕袖濕瓊珠迸

梅花酒 減崔嵬畫裏容怕曉角昏鐘恨芳艸青驄怪浪蝶狂蜂秋來呵江上別花落也未相逢又不知吉與凶我則索含着淚告蒼穹陪着咲問青銅側着耳聽歸鴻緘着口怨東風

收江南 呀懨懨不比舊時同綠窗針線廢春工殘雲剩雨自西東全無有定踪巫山十二總成空

春怨

北雙調新水令 枕痕一線粉香殘寶釵橫綠雲低軃粧慵鸞鏡掩人遠鳳衾單悶倚闌干無語幾長歎

〔駐馬聽〕蝶懶蜂傍。芳草天涯春事晚。鶯慵燕懶。杏花簾幙雨聲寒。秦樓寂寞玉簫閑。楚臺容易朝雲散。乍離别經這番。恁般懊惱誰曾慣。

〔喬牌兒〕行時思。坐不安。所事兒怕干犯。多情反受風流難。舊愁積新恨攢。

〔鴈兒落〕翠減了修眉柳葉彎。香銷了嬌臉桃花瓣。寬褪了纖腰翡翠裙。鬆綽了縷帶鮫綃襻。

〔得勝令〕自從那花底唱陽關。柳下送征鞍。經了些夜月孤幃靜。望不見天涯一鴈還。看看。業眼兒熬清旦。潸潸。淚珠兒落夜闌。

（甜水令）常記的　白雪輕謳。金杯滿泛。紅牙低按。私語燭花殘。到如今　好夢全無。佳期易阻。相思成患。平白的廢寢忘餐。

（折桂令）望藍橋遠似三山。烟水茫茫。道路艱難。瓶墜簪折。風酸月苦。雨澁雲慳。長攙攙連理樹柔條盡剗。磣可可比目魚活水將乾。他性格奸頑。不寄平安。章臺柳恣意留連。蟾宮桂未許躋攀。

（隨煞）怕的是　無情歲月相催。儹容易去何年重返。賈充宅韓掾見應難。天台路劉郎到來晚。

春怨

〈南南呂香遍滿〉因他消瘦春來見花眞個羞羞問
花時還問柳柳條嬌且柔絲絲不綰愁幾回暗點頭
似嗔我眉兒皺
〈懶畫眉〉無情歲月去如流有限姻緣不到頭懨懨
鬼病幾時休繡戶輕寒透十二珠簾不上鈎
〈二犯梧桐樹〉黃鶯似喚儔紫燕如呼友浪蝶狂蜂
對對還尋偶無端故把人僝僽一片身心如何教我
得自由梨花細雨黃昏後靜掩重門只與燈兒廝守
〈浣溪沙〉我容貌嬌他年紀幼那時節兩意相投琴心
宛轉頻挑鬬詩謎包籠幾和酬他去久有些個風聲

兒未眞實見。人須問個因由。

（劉潑帽）浪遊。那里青驄驟。向吳姬賣酒壚頭。烏絲醉寫偎紅袖。厮逗遛。一霎兒渾忘舊。

（秋夜月）恩變做讐。頓忘了神前呪。耳畔盟言皆虛謬。將他作念他知否。他待要罷手。我何曾下口。

（東甌令）難消悶。怎忘憂。抱得秦箏上。翠樓。絃聲曲意皆非舊。淚濕了春衫袖。青山疊疊水悠悠。何處問歸舟。

（金蓮子）表記留香。羅半幅詩一首。做一個香囊兒縶妝。怕見那繡鴛鴦。一雙雙交頸睡沙頭。

（尾聲）等待他來時候。薰香重整舊衾裯。往事從前一筆勾。

離恨

（北雙調夜行船）減盡容光知爲誰。可憐少個人知。清夜鴛衾。黄昏羅袖。湮透幾多珠淚。

（新水令）當時信口說別離。臨行話兒牢記。他道一句句不那移。曾有半字兒眞實。把些神前呪做了小兒戲。

（落梅風）鬆金釧。減玉肌。剛去了兩朝三日。到如今恰纔心上悔。悔時節又難尋覓。

（風入松）含情只是苦攢眉。羞對外人題。題來反惹傷人議。柔腸萬轉千迴。自古書生無信。書生口是心非。

（撥不斷）錦鱗稀。塞鴻遲。花箋誰與情傳遞。彩毫還將恨纂集。回文自把愁絣砌。空望斷碧雲天際。

（離亭宴帶歇拍煞）薄情盡改初交意。痴心好看傷州例。所事兒慵拈怕理。鳳分飛羞把紫釵看。鸞吊影怕將青鏡照。燕無情枉用紅絲繫。參不透懵懂禪。猜不破風流謎。料不定浮蹤浪跡。追隨着飛絮漫顛狂。迷戀着野花多艷色。呫題着苦李無滋味。數番將著草占幾遍把靈龜筮。都道是先憂後喜。相思債索勾消則俺這淒涼事怕題起。

春怨

（南錦庭樂）被兒餘枕兒單春寒較添。夜雨響空簷。曉來呵殘紅滿簾。更那看掩重門對鶯花鬼病懨懨。這病危如燈焰這恨深如天塹。病和愁兩廝兼病當心坎愁在眉尖。

（前腔）錦鱗稀塞鴻遙書沉信淹。江樹眼空瞻。怯梳粧塵緘寶奩。常則是倚闌干數歸程屈指春纖。霧帳雲屏虛占。海誓山盟無驗。針和線懶去拈。靈犀一點。

無計拘鉗。
（前腔）憶王孫乍交歡厖投意忺永遠效鶼鶼。自離家新生棄嫌。料應他在天涯被秦樓歌管相漸。金粉花容嬌艷。血色羅裙紅皺。美甘甘笑語甜。未知將我唇上曾呫。
（前腔）影伶仃竚蒼苔鮫綃淚黏。無語對銀蟾睒。孤燈蕭蕭短簷。幾回價寄佳音怕人知。躲躲潛潛。是則是前生少欠。苦則苦終常作念。把恩情作了水底鹽。羊腸龜卦。今後休占。
（餘音）春閨有日來雙漸。相逢一笑兩謙謙。玉簿姻緣許再僉。

夏日秋碧軒卽景寫懷

（北南呂一枝花）正楊柳成陰覆短牆。恰荼蘼噴雪迷深巷。纔荷葉弄青浮水面。又芭蕉分綠上晴窗。窄窄書房。自一種清閑况。小壺天詩酒鄉。舞青衣童子雙雙。歌白雪佳人兩兩。

（梁州第七）清泠泠溪泉漱玉。細茸茸庭草生香。幾般兒陳設多奇壯。刻獸面南金篆鼎。碾羊脂郢玉壺觴。展魚浪蘄藤榻簟。織龜紋蜀錦琴囊。樂天真頗類羲皇。友金蘭不比高陽。有時節撚吟髭俯雕闌聽枝上鳴蟬。有時節敞吟袍揮羽扇納風前晚涼。有時節倚吟屏鈎湘簾看雨後山光。鎮常見訪。都是些布衣詞客儒林相。那踈狂那豪放醉倒青樽送日長。品藻興亡。

（煞尾）論奢華評富貴休題太尉銷金帳。數清標誇雅淡絕勝裴公綠野堂。端的是半點紅塵不容傍。或是寫黃庭幾行。或是詠離騷半晌。一任他世事榮枯似番掌。

夏日即景寫懷

（北黃鐘醉花陰）楊柳橫塘淡烟鎖。嬌滴滴芙蕖萬

采薇雨過晚涼多蟬咽庭柯午夢方驚覺重洗盞泛
金波細細南薰透輕葛
〔喜遷鶯〕少年行樂好光陰暗裏經過量度想歡會
人生幾何六代遺宮草樹多眼見的都證果江山依
舊人物消磨
〔出隊子〕與知音幾箇得清閑非小可者麼你重裀
列鼎更如何積玉堆金待怎麼則俺把利鎖名韁都
頓脫
〔刮地風〕有時節放一箇小蘭舟隨處泊買娉婷二八
秦娥碧荷筒旋折傾香糯滿飲狂歌只喫的雕盤上

彩雲零落羅帕上酒痕湮污花一攢錦一簇玉人滿座小壺天風月窩全不受禮法拘縛紫檀槽一曲笙簫佐吹撥喜宮商樂韻和

四門子　玉山頹纖手雙扶過困騰騰眼待合將象管來拈把好句來哦撚吟髭半將衫袖嚲撒一會沁打一會睃要認的周郎是我

古水仙子　來來來自忖度罷罷罷恐青鏡流年兩鬓皤將將將愁布袋丟開把把把悶葫蘆摔破呀呀呀落些兒閑快活休休休走紅塵萬丈風波喜喜喜縱踈狂醉中天地濶我我我不干求到底無災禍他

他他進步是非多。

〔尾聲〕非是我殢酒淹花性慵惰。怕的是日月飛梭。一任教不知機世人嫉妒我。

怨別

〔南中呂好事近〕兜的上心來。教人難想難猜。同心羅帶。平空的兩下分開。傷懷。舊日香囊猶在。詩中意寫得明白。歸期。一年半載。算程途咫尺。音信全乖。

〔錦纏道〕托香腮。懶梳粧。慵臨鏡臺。無語自裁劃。正芳年又不道的色減容衰。怎知他前言盡改。咱須是暫時寧耐。歲月好難捱。孤辰寡宿時該命又該。不索

長吁氣負心人天自有安排

普天樂 畫欄前湖山外見月也深深拜月圓時人未團圓望蒼穹鑒察憐哀郎心是歹把些溫香軟玉做了糞土塵埋

古輪臺 恨多才萍蹤浪跡寄天涯繡幃錦帳春風夜許多恩愛豈料如今番成破鏡分釵剩雨殘雲等閑消盡是誰別壘楚陽臺有傾城嬌態把從前誓海盟山水消瓦解忘餐廢寢寬勞夢斷肌骨瘦如柴懨懨害花月也總沉埋

尾聲 黃昏更是無聊賴愁倚定薰籠半側羞見燈

花一穗開。

復歡

北黃鐘醉花陰　破鏡重圓帶重結。掂碎了鸞釵冊截。誰承望又和淚眼角眉睫。剛得開愁卸。這一段惡離別。及至相逢細分說。

喜遷鶯　孤眠昨夜傷紗窗梅影橫斜重疊。庭月小微雲半遮。幾件淒涼厮輳者。百般的難睡也。鎖不住春心蕩漾。當不過夢境隨邪。

出隊子　是前生冤業。怎教人相棄捨。又被那醫不活害不死病也。斜把不定拿不住恨轉撥擡不起放不倒身瘦怯。

〔前腔〕對疎星殘月。自含情誰共說。空將那辯吉凶著草數番揲。無靈驗羊腸幾遍。摞托幽思花殘不次寫。

〔刮地風〕將一箇難打捱時光剛過徹。費盡了多少週折。實丕丕兩地擔驚業。幾會得半晌寧貼。我爲他看不的花開花謝。他爲我見不的燈昏燈滅。茶不茶飯不飯無明無夜病和疾添上些。怎當他六國喉舌越間阻。劃地越疼熱。志誠心堅似鐵。

〔四門子〕半年來冷落讀書舍。望天涯道路賒。音信

又稀風景又別枕邊言白般難忘者一會似痴一會似呆漬滿了青衫淚血

（古水仙子）呀呀呀好姻緣不斷絕喜喜喜重領了合同風月牒准准准尾生橋再駕橫梁敢敢敢韓王殿還與臺樹來來來香仍偷玉更竊罷罷罷收拾起往日咨嗟將將將滿懷愁恁時都告撤把把把鎖春寒錦被熏蘭麝是是是連理樹未曾折

（尾聲）纔見分携又懽悅訴不盡往事重疊一件件一椿椿在畫屏上寫

哭萬柳溪

（北雙調新水令）綠楊溪上木蘭橈。冉不見短簑垂
釣。淡烟橫斷渚。落日送殘潮。門巷寥寥。有幾點晚鴉
噪。
（駐馬聽）破屋蕭條。蕙帳香消春夢杳。旅寬零落青
鸞書斷海天遥。苔痕綠遍雨中橋。蠹魚蝕盡床頭藁。
喪斯文何太早。故知修短由天道。
（鴈兒落）他也曾把辭金鮑叔交。將養客田文咲。逼豪
吟杜甫狂。類種菊陶潛傲。
（得勝令）呀。腰不折時髦。眼不顧兒曹。他也曾解劍酬
佳士。無錢賣錦袍。清高守陋巷。簞瓢樂。風騷放乾坤

詩酒豪。
〔水仙子〕他丹陽市上怕吹簫。七里灘頭不釣鼇。磻溪岸側曾辭詔。貧則貧長落魄。更有那三般兒命裡何薄。身未老囊金消盡。家已破山妻喪了。子無成惡限逢着。
〔沉醉東風〕吐珠玉詞葩俊巧。抱松筠志節堅牢。閒騎驢背吟。醉買吳娃笑。盡番成烟雨蕭蕭。回首江東故國遙。誰肯把椒漿酹倒。
〔離亭宴煞〕從今後扁舟一葉閒紅蓼。孤墳三尺埋秋草。重泉怎招。罷鷗鷺水邊盟。負鶯花郊外景。失大雞黍樽前約。英寃與。不醒。長夜何時覺。淒涼此宵。饑鼠擴空梁。野烏啼老樹。缺月穿虛幕。孤燈慘復明。兒女悲還吽。您若是雄心未消。把一。段不平懷向俺夢兒託

漁隱

北雙調新水令 白蘋風細一。絲輕傷疎林把釣船掩暎朧離麟鳳網。相與鷺鷗盟自咲生平。趂滄海隱名姓。

駐馬聽 月小潮平。紅蓼灘頭秋水冷天空雲靜。夕陽江上亂峰青。一。簑全却子陵名。五湖救了鴟夷命。塵勞事不聽。龍蛇一。任相吞併

（鴈兒落）咲他每干時的欠老成。叩諫的忒直正。推金的少見識。拜將的多僥倖。

（得勝令）呀爭如我夢不到虞廷。情頗類閒僧。我這里羌管風前弄。勝似您朝鐘馬上聽。閒評。成敗事明如鏡。頻驚。功名心冷似氷。

（沉醉東風）聽夜雨孤蓬酒醒。散晨炊小爨烟青。久居在雲水鄉。堪寫入瀟湘幀。傲三台入座簪纓。款乃歌殘四五聲。那里也重裀列鼎。

（折桂令）數十年泛梗漂萍。蓑笠生涯。湖海閒情。向鷺外收綸。船頭曬網。柳底聽鶯。有時節泛流水桃花

武陵有時節泊淡烟芳草石城濯足濯纓醒後三閭
醉裡劉伶。
（離亭宴煞）放懷薰染巢由性甘貧不害膏粱病堪
嗟廢興天喪了石崇財時催了韓信壽土蓋了曹瞞
佞榮華自不長烏兎何曾定忘形那清身不受紫泥
宣手怕拏白象簡脚厭履紅塵徑酒教稚子釃歌喜
山妻聽常吃到星河半傾臥楊柳月輪孤擁蘆花被
兒冷。

秋懷

（北商調集賢賓）鎖窗寒井梧秋到早霜月小粉墻

高說離思皆前蟋蟀鬧西風梧上芭蕉鎖不住戰兢兢一點靈犀盼不到黑沉沉百尺藍橋這些時玉精神爲花消瘦了害的來難畫難描我把他聲音兒愁記起模樣兒怕提着

（逍遥樂）于飛方效間阻尤多歡娛較少昨日今朝笑青銅兩鬢蕭騷萬種淒涼厮輳着折挫殺多愁沈約愁了些鴛鴦帳冷鸂鶒杯空翡翠衾薄

（金菊香）往常時花香春店馬聲嬌今日箇雲暝秋江鴈影遥夢難成幾番直到曉四壁寥寥燈焰短篆烟消

醋葫蘆　常記得透踈簾月半明。掩重門人漸悄。正嬌雲低壓海棠稍。我和他既相知恨不曾相見早。他燭花前將錦箏來斜抱。剗的又背着人偷用眼兒瞧。

前腔　他也曾病懨懨只自擔。瘦亭亭難自保。他也曾怕人知常帶幾分囂。他也曾擲金錢數番花下禱。他也曾直等到星移月落。他也曾倚闌干劃損掠兒稍。

前腔　我和他對着神將海誓言。我和他並着肩將眉黛掃。有時節把陽春一字字細推敲。他和我說私情一說一箇天大曉。不離了相偎相抱。他見我霎時間無語便把話兒嘲。

〔前腔〕他雖無甚麽傾國妍他雖無甚麽出類好似這等知人的情性最難學但見呵或是忙或是遲或是早。那里有半星兒違拗多應是我心他意兩投着

〔前腔〕他道我和你心同魚水諧情隨天地老你休要見垂楊又去折柔條他道是旣綢繆秪宜相會少只恐怕燕鶯知道他也會抵牙兒幾度費量度

〔梧葉兒〕今日也鳳去秦樓迥鴻稀漢苑遥雲散楚山高他指冷箏閑鴈我屏寒扇掩蕉剛間隔幾昏朝出䟫的把秋光過了

〔後庭花〕又不是綠牕前花謝早又不是瑶琴上絃斷

了。又不是青鳥音書滯。又不是銀河風浪惡。止不過暫相拋。陡恁的求神服藥。跳梭梭肉似挑。急煎煎身似燒。生踈了月底簫。闌珊了窓下稿。茶飯又不是麼調。夢兒又不大箇好。

（青歌兒）呀。這病兒千方千方難療。百般百般不效。聽了些花漏沉沉夜轉迢。寒透珠箔。燈燼蘭膏。風鬧簷鐸。露滴松梢。歎今宵別樣好難熬。眼睜睜盼不到雞兒叫。

（浪來裡煞）他存心豈是薄。我留情非道少。駕車的終久會題橋。破菱花等閑重輳。却成就了錦堂歡樂。

把相思一擔擔兒抛。

秋懷

（北商調集賢賓）憶吹簫玉人何處也。今夜病較添些。白露冷秋蓮香謝。粉墻低皓月光斜止不過暫時間鏡破釵分。到勝似數十年信斷音絕。對西風倚樓空自嗟。望不斷嶺樹重疊。怕的是流光奔去馬。鴈陣擺長蛇。

（逍遥樂）歡娛前夜。喜報燈花香生帶結。剛得箇和協。誰承望又早離別。常記得相靠相偎咲語喋。畫堂中那日驕奢。受用些尊中綠蟻扇底紅牙枕上蝴蝶。

〔醋葫蘆〕我和他初相逢臉帶羞乍交歡心尚怯半粧醒半粧醉半粧呆兩情濃到今難棄捨錦帳鴛衾纔方温熱把一枝鳳凰簪掂做兩三截

〔前腔〕我爲他挑着燈將好句裁背着人將心事說直等到碧梧窗外影兒斜惜花心怕將春漏泄步蒼苔脚尖來輕躡露珠兒常污了踏青靴

〔前腔〕我爲他朋情上將謊話兒丟他爲我母親行將喬樣兒者我爲他在家中費盡了巧喉舌他爲我褪湘裙杜鵑花上血我爲他耳輪兒常熱他爲我面皮紅羞把扇兒遮

〔梧葉兒〕一箇是相府内懷春女一箇是君門前彈鋏客半路里恰逢者剛幾箇千金夜忽喇叭抛去也我怎肯恁隨邪又去把墻花亂折

〔後庭花〕夢了些些虛飄飄枕上蝶聽了些些吉丁當簷外鐵剛纔得合上温郎鏡却又早攔廻卓氏車我這里痛傷嗟鴛帳冷香消蘭麝困將來剛睡些些望陽臺道路賒那憂愁怎打疊這相思索害也看銀河直又斜對孤燈明又滅

〔青歌兒〕呀風亂掃堦前堦前黄葉雲半遮柳梢柳梢殘月這離恨更比前春較陡些些害的來乜斜瘦的來

啤嚥待桑田重變海枯竭還不了風流業

（浪裡來煞）這愁呵剛不在眼角趕又來到眉上惹恨不的倩三尸肺腑細鐫碣有一日繡幃中玉肌重厮貼我將他指尖來輕揑直說到樓頭北斗柄兒斜

秋懷

（北黃鐘醉花陰）窗外芭蕉戰秋雨又添上新愁幾許珊梳剩繡衾餘落鴈沉魚眼底知何處酒醒後細躊躇一寸柔腸千萬縷

（喜遷鶯）把離人愁助閙西風翠竹蒼梧蕭疎粉牆外霜砧轆轤一片秋聲厮斷續不知人心上苦捱不

過 追魂鐵馬更和那索命銅壺。

〔出隊子〕記柳邊朱戶。乍相過春正初。看一簾花霧暗香浮。愛滿地涼蟾素練鋪。聽四座笙歌紅袖舞。

〔前腔〕想多情丰度。論褒彈事事無。他有那西施妖艷不傾吳。小小風流不姓蘇。巫女精神未遇楚。

〔刮地風〕看了他閉月羞花天付與。又何須傅粉塗朱。整羅衫款把寒溫敘。禮法誰如。偶能勾一番遭遇。便拚下百年歡聚。奴生情山海誓。永無憂慮。似鸞凰繫趁逐。畢罷了寄柬傳書。等閑間長就連枝樹。這言辭豈是虛。

（四門子）自別來幾見垂楊綠。悄然的音信疎。瘦影兒單好夢兒孤。憶分攜恁時風景殊。樹影沉。日色晡。擺列下淒涼隊伍。

（古水仙子）我我我自歎吁。罷罷罷姻緣簿仍將姓字除。准准准斷雲將楚岫遮攔。敢敢敢桃花把天台截住。來來來生分開比目魚。呀呀呀兩三朝鬼病揶揄。是是是教吹簫月明無伴侶。他他他把六朝金粉收拾去。單單單留下寫恨幾行書。

（尾聲）曾指歸期在春暮。却又早霜冷蒹蒲。把燈花影兒終夜卜。

閨怨

（南雙調十二紅）（山坡羊）伴孤燈三更情況捱剩枕幾番移放想當初此時共他摟香肩睡足芙蓉帳（五更轉）到于今獨自宿空惆悵燈兒半滅半滅銀臺上你看殘月低沉又早鐘鳴雞唱（園林好）聽鴉啼林梢曉霜看日影花篩紙窗（江兒水）怕對鏡愁添悒怏羞殺胭脂粧不就桃花模樣（玉交枝）眠思夢想對朝餐無心去嘗好花曉怯枝頭放帶不上昨夜春光（五供養）繞離鴛帳又早見雙飛燕來燕往起來無半月淚滴幾千行怕繡那傷心兩兩鴛鴦（好姐姐）午晌倚樓凝

明刻坐隱先生精訂陳大聲樂府全集

望奈人隔着山高水長（玉山頹）穿梭日影又過粉墻西向香閨人寂寞意徬徨繡鞋兒雙褪晒西窗（鮑老催）此情怎當踈林鳥投喧夕陽人歸不似飛鳥忙（川撥棹）想起他虛謊不思量歸故鄉愁殺人傷晚凄涼愁殺人傷晚凄涼（嘉慶子）罵負義辜恩薄倖郎把燈兒點上銀缸把燈兒點上銀缸捱過黃昏又怎當（僥僥令）聽嘹嘹孤鴈泣點點漏聲長夜靜更闌人悽愴總夢兒裡相逢蒐渺茫

（尾聲）一年未了相思帳一月月難消磨障怎禁一日有十二個時辰空斷腸

詠月

（北南呂一枝花）淸光亂乳鴉。冷兎驚棲鳳。素華吞老兎寒影動。驪龍淡淡溶溶。慣追陪芳草池塘夢。常占滿梨花院落中。助佳人擣練愁添。伴孤客吹簫夜永。

（梁州第七）有時節疑出匣初磨寶鏡。有時節訝蔵弧未上彎弓。盈虛顯晦皆堪詠。芙蓉亭外。楊柳橋東。斜侵畫舫。高挂長松。穿則穿寂寞房櫳。照則照冷淡屏風。伴着這露兒零風兒細擯斷么單枕長門。惹的那猿亂啼螢亂吟凄涼殺白楊漢塚。添上些烟半籠雲

半掩蕭條盡衰草吳宮你君是尊空路窮眼稍着便要鄉心動赤緊的招難招送難送腸斷譙樓幾杵鐘纔得他轉過梧桐

（尾聲）有一日穩騎鼇背誰能共咲踏青雲有路通大斧臨風細摩弄謔嫦娥遁踪逞吳剛氣勇我只要奪郤秋風桂花種

賞重九

（北南呂一枝花）天空碧水澄木落青山瘦籬寒黃菊晩瓮暖綠醅熟歲月如流纔過了中秋後又重陽九月九桀秋容紅蓼丹楓添秋色殘荷敗柳

（梁州第七）散旅悶閑尋野寺。快離懷遠眺江樓。凭高一覽江山秀。山形北拱。水勢東流。綿綿極浦滾滾滄洲。白鷺洲二水悠悠。鳳凰臺百鳥啾啾。覓得根羊叔子軟琅璫搏帶垂腰。借得條葛仙翁灣曲律青藜在手。尋得個孟參軍腌喇答破帽籠頭。放開笑口。對西風滿把黃花嗅。聳吟肩。軃吟袖。自把陶詩細和酬景趣窮搜。

（罵玉郎）風光厮把人迤逗。携樽俎約朋儔。江鄉禾黍秋成候。剖金橙味尚酸。薦黃雞膘正肥。擘紫蟹黃初溜。

【感皇恩】到大來心上無憂。身外無求。管甚麼三略法立興了周。一聲歌平散了楚。萬言策坐安了劉。趂着天清氣爽。雨霽雲收。逢僧舍。過酒家。便遲留。

【採茶歌】見鷗鷺泛中流。覩鴻鴈起蘋洲。牧童橫笛倒騎牛。看了這錦繡川原紅樹晚。端的是一年好景讓三秋。

【尾聲】一箇向東華鐘鼓常聽漏。一箇爲南國蓴鱸便駕舟。兩般兒我參透。幹功名枉生受。得清閑怎能彀。遇清明好時候。與村翁共林叟。登高臺陟遠岫。酒腸寬詩骨瘦。到老雙眉不曾皺。欵段馬犯紅塵不熟。粗布袍見時人怕醜。只慣向傍水沿山路兒上走。

懷妓

（北南呂一枝花）嬌滴滴千金玉體輕。窄弓弓半虎羅鞋塹。長挽挽兩彎眉黛巧。顫巍巍一揑柳腰纖。禮數謙謙。歌白雪櫻唇艷。撥檀槽春笋尖。俏儀容燕燕堪同。美聲價鶯鶯不忝。

（梁州第七）那里有一毫兒破綻。端的無半米兒愓嫌。温柔瑩潔絕瑕玷。宜嗔宜喜。知耻知廉。諸餘可愛。所事相兼。惹的些些蜜蜂兒攘動雕簷。引的些些蝴蝶兒飛近粧奩。恨則恨歸去後珮聲兒空館遥聞。喜則喜相見時脚步兒殘紅半掩。愁則愁別離間唾津兒香帕猶粘。意忺。語甜。知音不是恩情欠。您蘇卿。俺雙漸。瞞不過慣打聽風聲阿母嚴步步拘鉗。

〔煞尾〕丢不開放不下難成合纏綣終常念。深之重感之深無倒斷相思即漸添。有一日軟玉温香許咱瞻。放下花撲撲繡簾。靠着喜孜孜杏臉。恁時節方纔把擬雨撩雲意收斂。

樂閑

〔北南呂一枝花〕新栽數畝瓜。舊種千竿竹。不彈三尺劍。靜閱滿床書。詩骨清臞。冷淡淡心何慮。閑邀邀樂有餘。碧梧高彩鳳深栖。滄溟濶鯨鯢怕舉。

〔梁州第七〕取岩畔枯藤作杖。伐江皋曲木為盧。主人素得林泉趣。烹茶掃葉。引水通渠。鈎簾待月。俯檻觀魚。恥干求自抱憨愚。厭追陪懶混塵俗。傲慢似去彭澤棄職陶潛。踈散似困夔府豪吟杜甫。清高似老孤山不仕林逋。豈濁。不魯。處酸寒。緊閉乾坤目。躲風雷看鳥兎。靜掩柴門春日晡。便 休 提 黑漆似前途。

〔黃鐘煞〕守茆堂忘勢利甘貧。何用王侯顧列青樽拚趔趄爛醉頻教婢妾扶。世上炎涼久憎惡。敬於賢慢於富。罷朝參倫家務。叱阿諛薦忠恕。視肥甘若鴆

蠱懼功名似豺虎。詠梅軒釣菱浦。結樵朋友漁父。陋
繁華尚雅素。遠離輪避朱芾。老妻賢釀醽醁。老夫狂
唱金縷。課耕男教紝女。推仁愛給奴僕。須歌謠賛
明主。儘紅輪換朝暮。任浮雲變今古。對猿鶴做儔侶。
喜烟霞近窗戶。但將那老鳩巢懷抱放寬舒。一任教
競蝇血兒曹漫欺侮。

（尾聲）學不的矐不安蒼莞掇劒雞囫下舞。趕不上時
未遇抖擻彈冠任路上趨。秉一段鐵石心腸愈堅固。
者麼你趙平原誘英雄計謀。齊孟嘗待賢良肚腹。賺
不去狗盜雞鳴類兒裡數。

詠劍

北南呂一枝花　離匣星斗寒。到手風雲助。揷腰奸膽破。出袖鬼神伏。正直規模。香檀欛虎口雙吞玉。沙魚鞘龍鱗密砌珠。挂三尺壁上飛泉。響半夜床頭驟雨。

梁州第七　金錯落盤花扣。掛碧玲瓏。鏤玉粧東美名兒今古人爭慕。彈魚空館。斷蟒長途。逢賢把贈。滅寇卽除。比鏌鋣端的全殊。縱干將未必能如。曾遭遇諍朝讒。烈士朱雲能迴避。歎天亡。雄夫項羽怕追陪。報私讐。俠客專朱買。孤世無數。十年是俺家藏物。嚇

人寬射人目。相伴着萬卷圖書酒一壺歷遍江湖

（煞尾）咲提常向樽前舞。醉解多從醒後贖。則爲這未遂封侯把他久擔誤。有一日修文用武驅蠻靖虜好與清時定邊土。

自述

（北南呂一枝花）事詞章舊有名。攬風月多擭俊說。興亡長閉口。期富貴怕勞神。回首青春。又早三十近。虹霓志未伸。因此上筆尖兒判柳評花。心性兒搏香弄粉。

（梁州第七）耳邊廂喜聽的是輕歌金縷。眼根前愛

看的是妙舞紅裙。也是我生平註下疎狂分。手段兒熟滑如張敞。舌頭兒利便似蘇秦。性格兒風流如杜牧。肚皮兒豁達似田文。語言直敬的是斯文。骨頭兒高傲的是王孫。芙蓉露濕烏紗。夜夜歸遲。梧桐月照羅幔。齁齁睡穩。桂花風爽吟袍。日日遊頻。自思自忖。保箕裘且待亨通運。省干求罷談論。細和滄浪靜掩門。月迴避滾滾紅塵。

【煞尾】有一日半空中飛下風雷信。平地裡分來雨露恩。那其間執節操戈把柳營鎮。秉精忠爲君守清白愛民。酬得那些小勳勞便歸隱。

樂閑

（北南呂一枝花）常尋灞岸梅靜理桐江竹厭看青瑣論懶上皂囊書心古形臞但身在貧無慮喜年豊賦有餘愁的是搜尋着幾遍徵宣追趕着三番薦舉

（梁州第七）喜泉水暗通蔬圃愛雲山正對茆廬客來山鳥頻驚懼新收野果舊釀佳醑宜時嫩蕨墜釣鱸魚肚皮寬儘自粧愚眼睛高不肯容俗服青精煉丹砂修養天和買耕牛鎔寶劍消磨英武卸烏紗戴綸冠學盡村夫假鶩詐魯傲襟懷不入時人目耻趨

權陋阿富習就林泉禮法踈。豈待別圖。

（煞尾）枕琴聽雨湘簾簌。信步着花短杖扶。有時節爛醉歸來近薄暮。蘆花被欵鋪。任齁齁睡足。強似您午夜鐘聲厮催促。

勸子弟收心

（北越調鬬鵪鶉）往常時伴了些朱履瓊簪。乘了些雕鞍俊馬。走了些月館風亭。臥了些重裀繡榻。醜嘴臉粧孤喬模樣做假。則爲您書不通禮不達。到如今門徑兒蕭條。房廊兒倒塌。

（紫花兒序）赤緊的麗春園用不的莽壯。富樂院哭不

的貧酸鳴珂巷告不的消乏也是你椿椿兒弄醜件
件兒爲差嗟呀那無轉動的錢財可又不勾花早難
道丈夫聲價忝不的冷臉兒婆婆見不的可意兒寃
家

（小桃紅）中年無計作生涯流落他人下尚兀自留
戀當時枕邊話不防他多情耻咲知音罵待去呵青
蚨又夢撒不去呵寸心又牽掛沒來由情緖亂如麻

（調笑令）占定着小娃止不過弄奸猾又無甚筆吐
江淹夢裡花咲你箇空拳未肯甘心罷翠紅鄉挤一宛
行踏

（禿廝兒）見相識免不的推聾做啞。遇姨夫使不的利齒伶牙。將你那行藏靜中明鑑察。無分福享奢華。井底之蛙。

（聖藥王）全不想你囊已乏。他價轉加。痴心兒終日望巫峽。我非是廝逼僨。待把他相救拔。好將那些須資本手中拿。哥哥你省可裡念頭差。

（隨煞）我則怕宣揚的你掤拽風聲大。我勸你且寧奈些時暫煞。待你那運通呵慢慢的腆脯兒行。鏝廣呵憁憁的放心兒耍。

效楊景言一點情牽體

〔北中呂粉蝶兒〕冷雨梧桐破梨雲半床香夢翠屏深燭影搖紅酒邊愁花底恨一時間牽動悶阻匆匆夜迢迢枕衾誰共

〔醉春風〕難打捱枕衾寒怎支吾更漏永今生若得遂于飛我把你來寵寵佛也似皈依命也似惜愛玉也似珍重

〔叫聲〕邂逅得相逢兩情兩情秋波送淡月鞦韆小院東

〔剔銀燈〕附着耳低低的過從舉着案謙謙的陪奉他將我美名兒已向心苗裏種特地裏啞謎也似包

籠顧不的蜂蝶咲倩是麼魚鴈通也是情濃來意濃

（蔓青菜）他愛我能吟咏我愛他不凡庸擔定着怕恐因此上打不開分不散兩情同想註下山海似姻緣重

（快活三）你若是真真的有始終實實的肯姑容你若甘心不厭我愚蒙不枉了我常稱誦

（鮑老兒）我為他握雨携雲少定踪被了些人譏諷他為我戴月披星苦用功受了些人搬弄若是他同我同文君之分司馬之風管取他心我心生前厮守成後相從

〔尾聲〕好音也既通。深恩也已蒙。有一日雙雙穩跨秦臺鳳。把玉觴親奉。笙歌春醉錦堂中。

冬閨怨别

〔北中呂粉蝶兒〕三弄梅花。戍樓中角聲吹罷。月輪兒斜照窗紗。托香腮。湮淚眼。一篝燈下。展轉嗟呀。耳邊言都做了一場閑話。

〔南泣顏回〕薄倖忒情雜。不比尋常戲耍。出門容易。而今海角天涯。歸期歲晚。轉頭來過了春和夏。去時節霜老芙蓉。却又早水冷蒹葭。

〔北石榴花〕我只向綠窗前斷送了好年華。許多時脂

粉不曾搽九廻腸番倒的越窄狹幾乎間害殺鬼病增加一會價告蒼穹問個龜兒卦不明白甲乙交叉猛然間拈起香羅帕肯分的繡一朵並頭花

〔南泣顏回〕奸猾心性最難拏瞞人俐齒伶牙悠揚不定猶如風裡楊花千思萬想您從來色膽天來大恐習學竊玉偷香搪突了相府高衙

〔北鬬鵪鶉〕惡離別動歲經年又不比些時暫霎恨壓損眉黛雙彎瘦減盡腰肢一把我這裡暮暮朝朝想念他他何曾記掛咱不能勾碧漢乘鸞只落得垂楊繫馬

（南撲燈蛾）恩情如搦沙清苦似嚼蠟知他在那廂偎笑臉虛擔着許多驚怕也不須尋消問息到頭來終有個還家風流罪招由細數從頭兒一樁一件細詳察

（北上小樓）我自來無玷瑕他從來知禮法平白地受盡淒涼擔着寂寞遭此折罰眼見得漏滴銅龍聲喧鐵馬香消金鴨最難熬暮冬殘臘

（南撲燈蛾）風兒颼颼亂刮雪兒紛紛窨灑淒淒的鳳枕單沉沉的鴛帳冷薄設設的繡衾寒壓灼灼的銀燈爆花鳴鳴的城上吹笳鼕鼕的殘更正煞呀呀

的曉天啼散樹頭鴉。

【北餘音】文君再把香車駕。只恐琴心調弄差。反與相如做話巴。

賞雪

【北越調鬬鵪鶉】靜沉沉繡戶重關。寒凜凜氈簾半簌。青雅雅翠幙低垂。光閃閃銀屏欵簇。韻悠悠品竹調絲。花撲撲呈歌按舞。這壁廂捧玉觴。那壁廂倒玉壺。擺列開綺席瓊筵。粧點就華堂錦屋。

【紫花兒序】畫闌側梅香馥郁。雕簷畔鐵馬丁東。遥天外雪意糢糊。有麝蘭金鼎。獸炭紅爐。歡娛。滿飲羊

羔不用沽平壓倒党家豪富笑喑喑粉面相迎醉醺醺玉手相扶

（小桃紅）一天風雪歲將徂四野彤雲布滾滾梨花間飛絮景蕭疎光芒萬頃迷吟目漁舟遠浦樵人歸路巧手細臨摹

（鬼三台）聲淅淅敲窗戶白茫茫迷津渡呀平墊了梅溪竹塢萬蕊綴焦枯正朱闌笑撫望江天幾峰雲外孤看江湖一禽形影無都道是上國禎祥誰肯念閭閻病苦

（金蕉葉）孫康巷蓬窗罷讀袁安宅柴門緊堵子散

棹山陰半途。韓愈馬藍關道阻。
〔調笑令〕我這里擁爐任歡呼。呀。寸二金釵列畫圖。
撚霜毫細和梁園賦。謝娥詩再詠重續。款舒開彩箋
紅袖拂。喜孜孜一覓催促。
〔禿厮兒〕秦弄玉天生媚嫵。許飛瓊巧樣粧梳。杜樊
川自來官况踈。調燕友戲鶯雛。伎倆滑熟。
〔聖藥王〕休道是太尉俗。禮法粗。醉昏昏終日飲屠
酥。您學士迂。興味孤。冷清清看定個煮茶爐樂事一
星無。
〔青山口〕景物景物壯

皇都喜昇平今再覩飲足興足老狂夫得清閑眞分
福來春蝗蝻無豐年二麥熟看那雪滿平湖雪阻長
途暮冬凄更楚凍合氷壺高低賦粉塗分明素練鋪
煖閣氍毹錦帳流蘇只恐怕良宵易度芳宴重開更
燒燭

【隨煞】吟成賞雪觀梅句梅五出勝神六出生平一
片歲寒心只與梅花做賓主

小令

贈隱士 二首

【北鴈兒落帶過得勝令】狂將綠蟻斟醉把瑤琴枕

柴門迎送無艸閣從容甚○鷗鷺識閑心湖海少知音身在惟憂病途窮只苦吟春深細雨紅桑椹花陰殘陽語翠禽

堪同阮籍狂更比陶潛強無錢不外求有策何曾上○跳出是非場學得保生方詩酒雙白眼乾坤一野航江鄉細雨鷗波漲篷牕荷花午夢香

春情二首

（北鴈兒落帶過得勝令）一箇風流蘇小仙一箇俊俏雙知縣一箇烏紗宮錦袍一箇粉腕黃金釧○一箇常費買花錢一箇不上販茶船一箇醉眼方教露

箇春心未肯傳。一箇尊前半掩香羅扇。一箇花邊低垂白玉鞭。

我的詩何曾半字差。他的俏果抵千金價。他堪齊蘇小肩。我不在相如下○我的詩轉味轉堪誇。他的俏越看越無瑕。他梳掠皆宮樣。我詞章學大家。憑咱幾句兒知心話惑他。一枝兒解語花。

贈妓

【北脫布衫帶過小梁州】印春泥三寸金蓮。訴春情十四氷絃。蹙春恨雙蛾翠淺。舞春風一圍紅顫○端的是占斷梨園第一仙。堪羨堪怜杏花籬落晚風前。

初相見馬上墜吟鞭○多情果遂于飛願俏劉郎又到桃源看了你楊柳腰芙蓉面我則待眞心兒留戀你是必休走上販茶船

四時閨怨

南二犯江兒水　減盡了花容月艷重門常是掩正東風料峭暮雨廉纖落紅千萬點香串懶重添針兒怕待拈瘦骨嵒嵒鬼病懨懨將他這舊恩情重點檢愁壓損兩眉翠尖恐惹得張郎憎厭這些時對鶯花不捲簾

靜悄悄槐陰庭院芭蕉心乍展見鶯黃對對蝶粉翩

明刻坐隱先生精訂陳大聲樂府全集

翩盼倩人天樣遠高柳噪新蟬清波戲彩鴦行過欄前坐近池邊只聽得是誰家唱採蓮急攘攘愁懷萬千掂起柄香羅團扇恰寫着阮郎歸詞半篇

捱過了炎蒸天氣新涼入繡幃怪燈花相照月色相隨影伶仃訴與誰征鴈往南飛鴈歸人未歸想像腰圍做就寒衣不知道他如今在那里全無有真實信息倩一個行人稍寄又恐怕路迢迢衣到遲

幾遍把梅花相問新來瘦幾分笑香銷容貌玉減精神比花枝先病損繡被與重裀爐香夜夜熏着意溫存斷夢勞魂只恁般睡不安眠不穩枕兒冷燈兒又

昏獨自箇和誰評論百般的放不下心上人

漁隱 四首

【北小梁州】白鷗磯畔一漁家湖海生涯風波日日任從他無驚怕隨意泊蒹葭○船兒止有些娘大載西風兩岸蘆花薄暮時收綸罷一篝燈下兒女笑呷呷

白鷗磯畔一漁船浪跡年年半鈎香餌夕陽邊江如練釣破水中天○斜風細雨尋常見任夷猶西塞山前被那楊柳烟桃花片春來幾遍迷入武陵源

白鷗磯上一漁蓑萬頃滄波閑中歲月自消磨無灾

禍。終日扣舷歌○瓦盆新酒篘香糯。釣將來箇箇魚
活。蓬底眠。船頭坐。那三台八座。比俺是非多。
白鷗磯上一漁竿。綠水青山。秋風輕捲釣絲還。黃蘆
岸。細雨短簑寒○紅塵半點無羈絆。喜山妻稚子相
看。董卓權。韓侯患。利名公案。欸乃一聲間。

閨情 十二首

（北小梁州）碧紗窗外月兒低。玉漏遲遲。蘭香燒斷
冷金猊。難成寐。花影覺頻移○青燈一點空相對。靜
巉巉四面屏幃。眉上愁。腮邊淚。春來憔悴。惟有燕鶯
知。

碧紗窗外月兒高秋到芭蕉和衣剛得眼合着誰驚
覺花底一聲簫○吹來總是相思調把閑愁喚上眉
稍展轉聽傷懷抱粉香花貌一夜爲君消
碧紗窗外月兒明一片秋聲芙蓉屏底暮寒生愁難
聽落葉走空庭○坐來轉覺傷孤另冷清清怎捱長
更一捻腰十分病燈前瘦影越看越伶仃
碧紗窗外月兒斜忽的雲遮西風吹散枕邊蝶如年
夜心緒不寧貼○待兒休把燈吹滅端溪硯水再添
些紫兎毫丹楓葉上織輕捻和淚寫離別
碧紗窗外月兒圓玉鏡高懸清光依舊似年前人不

見憔悴對花眠○柔腸九曲思量偏問東風桃李無
言也不索書寄鴻詩題扇終朝寫怨自有錦箏絃
碧紗窗外月兒歪門掩蒼苔玉釵敲斷未歸來凭闌
待黃犬信音乖○東風細細吹裙帶露華涼沁透宮
鞋夜轉迢愁偏殺竹吟清籟錯當履聲猜
碧紗窗外月兒孤兩兩啼烏桃寒衾剩夜何如愁難
度風露下高梧○秋聲苦把人欺負但合眼好夢全
無整翠鬟開朱戶瑆階徐步惟賴影兒扶
碧紗窗外月兒昏滿地春雲杜鵑喚醒海棠寬寒時
分強把翠衾溫○天涯久絕鱗鴻信耳邊盟誓空

存舊日愁新來恨眉峰一寸常是爲君顰

碧紗窗外月兒陰香霧沉沉一尊花底少知音時時恁幽恨苦相侵○翠幃錦帳難拘禁戰兢兢一點春心枕與衾淒涼甚兩般兒爲您相守到如今

碧紗窗外月兒纖怕捲珠簾薄寒今夜覺重添臨鸞鑑羞點翠蛾尖○一身苦把淒涼占捱不出鬼病懨懨卦兒交燈兒焰全無靈驗今後不須占

碧紗窗外月朦朧撞罷昏鐘雲屏翠幙幾重重寒猶重滿院落花風○枕衾長夜無人共陡然的褪粉銷紅杜宇聲驚春夢把閑愁撇弄不離曲闌東

碧紗窗外月如鈎。薄靄初收。三分春事去難留。新來瘦。非是爲花愁。○羅衣香冷芙蓉扣。對青鸞幾徧成羞。臉兒黃。眉兒皺。黃昏時候。無語抱箜篌。

詠燕子

（北小梁州）蒲芽尚短柳條長。對語雕梁。滿身披拂落花香。多情況。風外自雙雙。○還同王謝當年像。咲江南風景堪傷。朱雀橋。烏衣巷。不勝悲愴。芳艸共斜陽。

鞦韆

（北小梁州）海棠庭院夜初深。結伴相尋。幾回蹴罷

思沉沉將闌干桃溜却鳳釵金○宮鞋每被香泥沁慣追陪柳影花陰任笑喧無拘禁一春狂甚針線不關心

聞杜宇

（北小梁州）東風蕩蕩雨霏霏開到荼蘼三三兩兩上林飛別無意只道不如歸○晝長時候多春睡被寃家幾徧驚回只願的墻兒邊園兒內綠殘紅瘦免得他傷人啼

四時閨怨

（南一江風）到春來常是懨懨害不出簾兒外甚情

懷雨驟風狂。綠暗紅稀。花事收拾快。蜂驚蝶又猜青
春半是苔。一點春何在。
夏初來。長日無聊賴。溽暑偏禁害。小亭臺並蒂荷花。
交頸鴛鴦。不管離人。怪調朱手倦。擡描鸞眼怕開。黑
海相思債。
到秋來。好月凭闌待。見月深深拜。下瑤堦露濕弓鞋。
凉沁羅衣。風又吹裙帶。孤燈爆絳臺。寒衣想像裁手
慢并刀快。
到冬來。飛雪簾兒外。呵手勻眉黛。托香腮白日凄涼。
巴到黃昏。一點燈兒在。一更強打捱。三更怎擺劃刻

刻難支派。

青樓十詠　和徐遵謙題

初見

【北折桂令】恰相逢月正圓時。嬌臉生春。美玉無玼。小髻盤鴉。短釵簪鳳。團扇題詩。眉兒纖畫兩道彎彎樣子。口兒香駐一點。淡淡胭脂。花比丰姿。柳比腰肢。贏得風流。惹得相思。

小酌

【前腔】瑣銀屏花影重疊。風景非常。受用全別。麗曲調鶯。錦箏排鴈。綠酒吞蛇。雲鬟亂。金釵墜也。玉山頹

翠袖扶者席上驕奢帳底和協咲語叮嚀醉眼乜斜

沐浴

〔前腔〕小壺天絕勝華清半掩紗窗欵簇雲屏風細肌涼泉香玉軟池煖脂凝嬌臉潤芙蓉弄影翠眉低楊柳含情月滿虛楹露下空庭緩步蒼苔咲撲飛螢

納涼

〔前腔〕軃香肩行出粧樓眉黛雙彎羅襪雙鈎珊枕欹寒素紈裁月冰簟橫秋梧葉老新涼到久碧天空大火西流薄靄初收院宇清幽稱良宵正好歡娛對西風不索遲留

臨床

（前腔）燭花前攜手行來。人世蓬壺夢裏陽臺。私語偷傳。春心未穩。醉眼方開。非是俺逞大膽張郎重色。只因您解知音紅拂憐才。香散書齋。春到天台。咲解羅衫。欵褪弓鞋。

並枕

（前腔）並頭花春晚齊芳。未遂于飛。先效頡頏。綠鬟連雲。粉腮沾汗。玉股交香。珊瑚小下一雙鳳凰。水晶寒睡兩箇鴛鴦。暗暗包藏。細細度量。被窩中恩愛。休提耳邊廂盟誓難忘。

交歡

〔前腔〕玉肌膚軟襯酥胸。魚水和同。雲雨情濃。漸漸昏迷。低低囑付。欵欵依從。粉腕上香消守宮。翠幃中露沁芙蓉。鬢又髼鬆。眼又朦朧。甜唾浸浸。香汗溶溶。

言盟

〔前腔〕告蒼穹。您是聽咱。不願榮華。不爲消乏。得遇知音。若非債主定是寃家。我負心拚着箇投河墜馬。你薄情也難免帶鎖披枷。莫當媟狎。休使奸猾。天意無私。報應無差。

曉起

前腔　日初紅影射闌干。門外鴉啼。樓上鐘殘。鴛頸將分。香肩並倚。淚眼相看。脚兒重非干步懶。話兒多休得心煩。憔悴今番。會晤猶難。妝拾了酒釅花穠。安排下枕剩衾單。

叙別

前腔　促行裝短劒孤裘。芳草郵亭。細雨江樓。鶯也留人。花也擎淚。柳也含愁。一箇扯羅袖三番勸酒。一箇上雕鞍幾遍回頭。你又温柔。我更風流。生扢揸鳳折鸞分。忽喇入雨散雲收。

風情

北折桂令 翠屏深兩兩紅粧。玉揜就香肌。霧織就仙裳。許盻盻風情。雀鶯鶯聲價。蘇小小詞章。宜貯向楊柳岸春風畫舫。堪立在梨花院夜月迴廊。俊的是容光。俏的是心腸。他也曾脚踪兒成就了張郎。夢魂兒勾引了襄王。

怨別

北折桂令 瑣窓寒燭影搖紅。春意方舒。酒興方濃。三唱鄰雞。數聲殘角。幾杵踈鐘。夢回也珊枕畔烏雲亂擁。人去也玉腕上寶釧微鬆。兩意匆匆。回首西東。一箇寫相思撥斷冰絃。一箇望音書倦殺歸鴻。

艸堂寫興 二首

〔北折桂令〕小軒窗閑似蓬萊處世知幾獻賦無才

香徑花殘青尊酒盡白鴈書來又添上推不開擺不

動一身詩債更有那撇不去丟不窩百種愁懷且對

着萬壑千崖五柳三槐一任他夢繞華胥功著雲臺

〔前腔〕草堂間雅樂何如留客茶瓜遣興琴書數箇

修篁半池青荇幾簇紅蕖有時節明月底對青尊聽

佳人度曲有時節柳陰中拖短杖看稚子叉魚踈散

無拘俗慮消除深隱丘阿笑殺三閭

幽居協韻

北折桂令　棘籬低直抵碧溪特地追陪最喜栖遲畦裏攜黎磯西寄跡梅底持杯洗是非極宜克己離傾頽委實知幾意氣誰識未及夷齊已類鴟夷

閨情二首

北折桂令　掩重門睡損胭脂被冷紅鴛香斷金獅針也慵拈花也怕戴粉也羞施恨只恨帶春來送春去梁間燕子怪只怪訴人愁驚人夢窗外鶯兒一捻腰肢消瘦多時影兒單助起凄涼病兒沉加上相思

前腔　枕痕紅界破桃腮寒透窗紗塵滿粧臺病又因循書又不至命又合該百忙里寫幾箇曉蹊字測

也難測。赤緊的做幾場鶻突夢猜也難猜。花落花開有日歸來。務要他謊話兒折辨真實。業錢兒消繳明白。

四時題情

南普天樂 惱春情鶯和燕。千萬縷垂楊線。去年人不見。看花問東風桃李無言。愁眉不展。向亂紅深處送出鞦韆。

柳陰濃榴花放。湘簾捲金鈎上。倦來時獨倚闌干。被無情惱亂柔腸。蘭舟兩兩。向錦雲堆裡。驚起鴛鴦。

好霜天賓鴻至。無一個閑傳示。尋常病兩日三朝。這

相思無有終時離人樣子看黃花消瘦人比花枝
怯嚴寒消風韻呵手將梅花問孤眠人最怕窮冬倩
南枝早報先春飄綿墜粉任漫天蔽野休阻行人

四時題情

（南嬌鶯兒）春寒成陣繡衾誰與温枉自換爐薰可
怪東風連夜則管通花信夜長風力緊教人眠不穩
我這裡顧影徘徊又被這一簾花露遮得個月兒昏
雙飛雛燕薰風吹柳綿荷葉小如錢正是清和天氣
初試香羅扇盆池曲檻邊一泓寒水淺却又早庭院
黃昏我將這玉纖閑戲搊得個月兒圓

天街人靜羅衣風露冷玉漏已三更怪底鳳笙何處
吹做陽關令梧桐清瘦影秋蛩鳴露井幾日來不見
嫦娥多謝這一星兒螢火妬得個月兒明
長更難度沉沉樓上鼓清漏響銅壺無限惱人情緒
況是年華暮鼓聲淒又楚漏聲誰待數不甫能步出
重簾肯分的玉梅枝上添得個月兒孤

詠香閨十事

桃花扇

〔北梧葉兒〕掩畫燭傳私語撲飛螢向淺莎紅暎醉
顏酡不寫班姬怨常陪蘇小歌纖手内更情多遮護

着櫻唇半顆
石榴裙
〔前腔〕低護雙鉤襪輕翻六幅霞光照守宮砂烘曉
日迷歌扇舞春風帶落花越看着越堪誇瞼不把啼
鴿妬殺
珊瑚枕
〔前腔〕金谷園那曾見水晶宮不易求鴛帳裏您爲
頭收腮斗三更淚占銀床六月秋緊抱定下粧樓拿
一朵紅雲在手
鴛鴦被

〔前腔〕分並宿池頭影。織合歡帳底紅。常熏染麝蘭風。舒處也春雲皺。堆時也蜀錦重。喜夜夜有人同。怕相伴長門漏永。

鳳凰釵

〔前腔〕簪寶髻添宮樣。劃闌干寫怨詞。兩股兒配雄雌。畫閣內粧成後。翠盤中舞困時。斜壓着小桃枝。腸斷也蘇州刺史。

鸂鶒帶

〔前腔〕喜交頸和香繡。愛同心稱體裁。兩件兒果奇哉。綰夜月春無限。散天風麝滿懷。自從那做將來。幾遍向燈前咲解。

翡翠鈿

（前腔）添西子顰時俏。貼韋娘刺處宜。香馥馥顫巍巍點花露嬌容破。壓春風咲靨低。長記得踏莎歸。失落在鞦韆月底。

鮫綃帕

（前腔）新織女千機錦。剪吳江半幅秋。說不盡悠風流雲沾宿粉春擎淚。帶餘香病裹頭。最喜是棒金匜掩暎着芙蓉袖口。

孔雀屏

（前腔）草屋底生無分。畫堂中舊有盟。喜金翠甚分明。鎖花霧風前潤。帶春山雨後青。常伴定一檠燈。恨則恨無人射影。

丁香鈕

（前腔）結蓓蕾行行俏。染胭脂箇箇嬌。芙蓉扣半含着。縮摟帶知肥瘦。傍酥胸可畫描。行坐處用堅牢。切莫把春心放了。

詠觀音奴

（北梧葉兒）南海岸曾相見。普陀山舊有名。救苦難解尋聲。蓮葉黃金座。楊枝翡翠瓶。便有那吳道子畫難成水月裏娉婷瘦影。

春夜小集

（北醉太平）剪銅荷燭花。烹石鼎茶芽。只喫到垂楊月轉未還家。半頑來半耍。酒痕湮滿香羅帕。篆烟消盡黃金鴨。晚涼輕透碧窗紗。拚着箇醉醺醺上馬。

秋日過隱居

（北一半兒）山中歲月久埋頭。天上風雲雙袖手。搆得茅堂更有田數丘。這答兒最宜秋。一半兒芙蓉一半兒柳。

秋夜 二首

【北清江引】花底轆轤簷外鐵。畫閣清秋夜。窗吟楊柳風。簾捲梧桐月。怕的是酒闌人散也。

憶吹簫玉人何處也。立盡梧桐月。裙寬翠帶長。鬓嚲金釵卸。把丹楓葉兒和淚寫。

題情 八首

【南醉羅歌】無形無影書難寄。不活不死病難醫。暮雨梨花近寒食。問陌上人歸未。黛眉羞畫也只爲誰。羅裙寬掩也只爲誰。鶯花笑殺人憔悴。鶯啼罷花又飛。安排腸斷送春歸。

怕寒怕冷扃朱戶。無情無緒對紅爐。漏點沉沉響銅

壺好難把長更度月明窗外照人影孤燈花檠上照人影孤淒涼萬種和誰訴魚難覓鴈又無年來音信轉蕭疎

眉兒淡了誰瞅問被兒閑了自温存倚遍闌干望行雲全無有箇真實信口傳言語也不大真夢中歡聚也不大真多應誤落烟花陣迷歌扇戀舞裙共誰相伴倒金尊

半薰半爇爐香換半温半冷繡衾寬往事攢來萬千般向靜裡閑思筭枕邊私語蒼天怎瞞星前盟誓神明怎瞞他非我是明批判量不盡填不滿相思黑海

正瀰漫。

冷落冷落鞦韆架。謝却謝却海棠花。遊子經年阻天涯。爻變了龜兒卦。相如薄倖。也不似他。王魁短命。也不似他。山盟海誓全不怕。臨行話。都是假。此時驕馬繫誰家。

問神問卜全無應。行雲行雨總無憑。好夢將成又難成。珊枕冷鴛衾剩。風飄黃葉。愁人厭聽。聲喧鐵馬。愁人厭聽。情濃那怕心腸硬。星前誓。月下盟。半真半假欠分明。

坐裡臥裡頻攧窨。寬裡夢裡苦追尋。杜宇無端惱芳心。血淚把花梢沁。翠翹金鳳。也不待簪。穠花艷朵。也不待簪。相思更比前春甚。回文句。疊字錦。情多費盡短長吟。

半明半滅燈兒熖。半舒半皺翠眉尖。舊恨新愁兩相兼。分付與咱獨占。憑魚托鴈。霜毫懶拈。描鸞刺鳳金針懶拈。調朱弄粉情都厭。簾垂下。門半掩。落花飛絮惹憎嫌。

漁家 六首

（北朝天子） 趂蘆花晚潮。泊垂楊畫橋。自一種江湖樂。風風雨雨小窩巢。無半點紅塵到。篷底狂歌。槎頭

閑釣對青山長醉倒足不踏市朝身厭掛紫袍誰及俺漁家傲

老妻將舵扶痴兒把棹鼓那里得人憎惡分明行在輞川圖狎幾點鷗和鷺簑笠生涯烟波人物這家風無約束釣秋風巨鱸倒斜陽酒壺誰及俺漁家富

名兒雖淡薄船兒雖窄小白眼把公卿傲瓦盆新釀謾篘着一任頑和笑伏虎權符封泥宣詔但來的都告繳紫蓴羹味高綠簑衣禍少誰及俺漁家樂

綠陰陰柳堤靜嚵嚵釣磯終日孤篷繫綸竿拋却醉如泥落一覺鼾鼾睡不問得失不談興廢把前程明

當黑守麁衣淡食免奴顏婢膝誰及僕漁家貴知機處許聱上書時無俺滄浪水明如鑑相逢常是半粧憨任意把船兒纜紫綬金章雕闌朱檻但題着驚破膽喜尊鱸味甘見塵埃靣慚誰及我娛清淡自逃名放形慣赤脚露頂怕的是徵書聘開來一曲總昇平再無甚别歌詠山寺鐘餘江豚風靜擁蘆花方睡醒是非又不聽利名又不爭誰及我心腸硬

歸隱 六首

北朝天子 典賣了錦袍結識上酒瓢花底吟船頭釣柴門長日有僧敲那里許高軒造狠虎交雜風雲

變纍退歸來誰道早石崇富易消范丹貧到老那一
箇長安樂
齊門鋏不彈太官羊怕餐功名事誰干犯花前茅屋
兩三間自有春無限養客三千堆金十萬老先生不
掛眼韓元帥將壇嚴子陵釣灘那答兒無災患
守腴田幾丘和新詩數首終日把柴扉扣是非場裡
强抽頭再不聽東華漏稚子愚頑山妻温厚喜團圞
三四口匡時的飯牛休衒的種柳他兩箇誰訛謬
抱一床素琴愛一川綠陰醉後把松根枕閒雲出岫
本無心任來往誰拘禁滿眼金帛三公權任沒多時

相伴恁驢背上苦吟菊花前痛飲他兩箇踈狂甚
園兒内有蔬田兒中有粟便是栖身處尋常烟爨小
覩模說甚麽千鐘祿晉國山河漢家陵墓把興亡容
易數咲浮名有無過流光迅速留不住烏和兎
倣邵平種瓜學盧仝煮茶喜春雨仝禾稼數椽茆屋
近鷗沙志不在陶朱下詩酒閑情琴書清暇放會頑
撒會耍黃金印手拏瓊林花帽揷禍道有天來大

江上別意

〔北朝天子〕帶斜陽遠峰斂晴江斷虹愁把離人送
半肩行李載孤篷喜有金昆共鷗鷺波明蒹葭露重

泊垂楊古渡東。又被那撼疎林曉風。破輕烟曉鐘。常驚起思家夢。

風情 四首

（南鎻南枝）腸中熱。心上癢。分明有人閑論講。道他近日這恩情。又在他人上。要道是眞。又怕是謊。抵牙兒猜。皺眉兒想。

他心順。咱意肯。燈前背人回轉身。我忙裡去偷閑耳畔低低問。信口言。還未准。你道過後標。我道見成穩。

他多詐。咱見小。百年兩心難共保。裂紙與焚香。去把泥神告。枉使心。乾弄巧。他恕過的多。報應的少。

恩情事。休説起。知心古來能有幾。錦陣與花營受了些些醃臢氣。纔離了他。又撞見你。你見面親。過後悔。

詠妓泥人兒

〔北水仙子〕模兒裏何日印將來。粉作皮膚土作胎。長街頭擔兒上擔着賣。換了些亂頭髮折股釵。專與些些小兒曹每白胡歪。那里也捏土焚香拜。那里也肩輿上扛擡。弄的你不成人棄在塵埃。

有所思

〔北水仙子〕海棠枝上月兒歪。風細紗窗半扇開。玉人此夜知何在。他那畫堂中春似海。三般兒不索疑

猜笑解去熏香羅帶暗溜了傳情玉釵羞脫下遺恨弓鞋

嘲風月 二首

【北水仙子】狠厥丁挖幾處陷人坑賤妮子拴千條繫足繩老虔婆使一把無星秤細尋思心自警麗春園單送了惺惺他人兒多賣不着您聽俊口兒甜使不着您硬挺意兒虛用不着您牢成

買花錢旋換女娘情還債簿難勾子弟名販茶船送了商人命眼睜睜猶未醒提起那三般兒膽戰心驚引鬼幡是半方羅帕迷鬼湯是三杯酴醾嚇鬼臺是

八扇圍屏。

詠素香囊

〔北水仙子〕素羅新製小香囊。皎皎應同雪色光。一針針一線線依時樣。傍佳人玉體傍。三般兒比並非常。沾粉淚似荷擎秋露。依翠袖似蟾籠綠楊。貼湘裙似蝶舞銀塘。

春情集古 四首

〔南駐雲飛〕那值殘春。雨打梨花深閉門。簾幕東風靜人遠天涯近。嗏。情思睡昏昏。正愁人獨出閨門便覺閑行悶。今夜休將蘭麝薰。

獨上粧樓。萬古情原一樣愁。人比黃花瘦。掩過芙蓉扣。嗏。心事兩相投。覺綢繆。月色橫空。人約黃昏後。美愛悠歡恰動頭。

今夜別離。且盡生前酒一杯。未飲心先醉。多少離人淚。嗏。淸減小腰圍。兩意徘徊。割肚牽腸。留戀你別無意。金榜無名誓不歸。

許配雄雌。才子佳人信有之。宋玉愁無二。多少傷心事。嗏。顛倒費神思。那人兒從到京師。無有閑傳示。一日歸心十二時。

夏景

（南駐雲飛）窈窕軒窗。綠樹陰濃夏日長。黃串微風蕩。小簟波紋漾。嗏。闌外小池塘。兩兩鴛鴦。十二珠簾高捲金鈎上。一架薔薇滿院香。

詠雀鶯鶯六首

（北沉醉東風）將照影銀燈暫息。把隨身玉珮收拾。躲着這月色行。揀着這花陰立。嗅梅香咲語低低。莫打夫人睡處回。脚步兒防他認得。

眼腦上恩情易合。心窩裏病症偏多。愛梨花夜月明。怯楊柳春風大。老夫人展轉防他。自有東墻缺處過。怕是麼門兒上鎖。

有心的逢着有心。知音的撞見知音。一箇病的來病轉危。一箇愁的來愁仍甚。恨鞦韆院宇深沉。一首新詩一曲琴。單訴着忘餐廢寢。

詩句子時常寄寫。繡針見怕待湯者。自春風花落時。至秋雨蛩吟夜。惡相思未得寧貼。不是紅娘快嘴舌。怎醫得張郎瘦怯。

待月的佳人命薄。惜花的才子情多。惜花的病怎醫。待月的詩頻和。壞家風都是婆婆。假若當時就輳合。那里見潛潛躲躲。

倘無信須當退悔。若酬恩不用猜疑。索甚麽茶與紅排甚麽兄和妹。老夫人罪有當歸。女意郎情旣可知。
又容住墻兒那壁。

贈僧二首

（北沉醉東風）罥經卷常爲伴侶。破袈裟不混塵俗。
杖頭將月挂來。鉢內把龍降住。論詩才更有誰如。歸
去山中小結廬。又要與白雲做主。
恩與愛登時頓脱。利和名等地消磨。是非塲脚不踏。
生死戶拳槌破。趂清風來往呵呵。九載蒲團苦行多。
方認得靈光是我。

閑情用轉應體三首

北沉醉東風　窗外竹低垂鳳毛。澗邊松半偃龍腰。愛松頭月自來。喜竹底風常到。動吟情竹瘦松喬。竹傲氷霜志節高。松也把隹盟共保。

美酒兒時間送來。新詩兒眼底須裁。酒酬了今日歡。詩還了當年債。酒和詩次第安排。酒喚蒼頭恁慢釃。詩不用閑錢去買。

把雲外青山旋買。看青山時被雲埋。山高雲自生。雲去山長在。喜山青更愛雲白。雲比閑心任往來。山咲我朱顏易改。

離情用轉應體　一首

〔北沉醉東風〕風細細涼侵碧紗，月團團影混梨花。月團團人影孤，風細細春寒大。月和風抵死欺咱。風着羅衣病轉加，月不把離情照察。

芭蕉上蕭蕭雨聲，池塘邊聒聒蛙鳴。雨蕭蕭動客愁，蛙聒聒供詩興。雨和蛙展轉難聽，雨攪離人夢不成，蛙又把詩翁喚醒。

詠牡丹

〔北沉醉東風〕籠夜月千機絳紗，舞東風幾簇春霞。温泉宮乍浴回，華清殿初粧罷。散天香美玉無瑕。天寶年中寵愛他，險不把三郎害殺。

詠花柳用轉應體

【北沉醉東風】綠柳外雙吟暮蟬。翠荷邊並宿紅鴛。露荷圓雨濺珠。烟柳細風搓線。花一噴柳正三眠。花比紅粧色更妍。柳妬殺蛾眉翠淺。

詠骷髏笛

【北沉醉東風】那里也伴衰草狐踪兎跡。只管里怨春風綠慘紅悽。包含萬古愁。全仗三分氣。把莊周錯認桓伊。多少時人信口吹。不解把英雄嘆息。

詠蚊蚤

【北沉醉東風】一箇箇巴到晚簷前閙攘。一箇箇等的眠床上輕狂。一箇認肌膚是口食。一箇靠藁薦爲家當。過明時躲躲藏藏。這廝每尖嘴傷人狠似狠。喫飽了何曾見長。

詠桃花比妓

〔北沉醉東風〕照粉面常依綠水。映春風半出踈籬。助尊前酒暈紅。散扇底歌聲細。露芳心蜂蝶先知。燕子樓邊望眼迷。啜賺了劉郎是你。

花月志感

〔北沉醉東風〕花正發蟾含半規。月初圓花尚蓓蕾。月無三五圓。花欠十分媚。想人間好事難齊。及至花開月又虧。全不與東君作美。

溪隱

【北沉醉東風】鋪水面輝輝晚霞。點船頭細細蘆花。缸中酒似澠。鴈外山如畫。占秋江一片鷗沙。君問誰家是俺家。紅樹裏柴門那荅。

春遊

【北沉醉東風】拂水面千條柳絲。出墻頭幾箇花枝。推篷看雨後山。沽酒入橋邊市。正江南燕子來時。到處亭臺好賦詩。單少箇吳姬在此。

自述 二首

〔北沉醉東風〕湘簾下輕清簫管草堂中小可杯盤。對燭花紅春酒香。怕禁鼓停更籌換。與知音坐久盤桓。怪舞狂歌盡此歡。天大事吾儕不管。

青天外蟾光漸低。綠窗前梅影頻移。長存酒共詩。問甚名和利。喜圍爐談咲忘機。三尺龍泉怕去提。似這等人兒有幾。

秋夜

〔北沉醉東風〕庭院悄風搖綠楊。轆轤斷露滴銀床。蛩吟草砌邊。月挂簾鈎上。正人間一半秋光。何處吹簫引鳳凰。側耳向花陰半晌。

閨怨 二首

【北沉醉東風】黑黯黯雲遮北斗。響撞撞鐘度南樓。香消翠鼎閑。被冷紅雲皺。撥相思絃斷箜篌。一寸眉峰萬種愁。捱不過天長地久。

垂柳外低低粉墻。燭花前小小牙床。鎖春寒。翡翠屏。藏夜月芙蓉帳。幾般般兒不比尋常。回首桃源路渺茫。手抵着牙兒漫想。

贈別 二首

【北寨兒令】秋水澄。晚霞明。綠荷半凋君又行。雲淡山青。江潤潮平。偏助起別離情。還記得載酒船柳下會停寫懷詩月底會評倚西風斟別酒扯羅袖問歸程聽新鴈兩三聲詩旋吟酒頻斟黃葉亂飄秋意深遠水遙岑衰草平林好風景失知音攤行窩朱履瓊簪伴吟身寶劍瑤琴片帆辭帝里匹馬度淮陰砧敲碎故鄉心

行舟五詠

詠跳

（北滿庭芳）不寬不狹踏波可愛溜雨偏滑扁舟穩繫漁磯下來往憑他滴楊柳堤邊露華棲芙蓉岸上晴沙但曬着風波大將心來緊把半步也不宜差

詠舵

〔前腔〕滄浪遁跡捨之不可用處多奇舟行須賴君爲最動轉知機經惡浪全無退悔向中流一任來回勢抵着千鈞力洪濤萬里仗爾可扶危

詠帆

〔前腔〕隨風來往倚雲高掛帶雨斜張紅塵半點難親傷弄影空江破彭蠡千尋曙光卷西湖十里荷香烟波上三三兩兩笑殺碧油幢

詠檣

〔前腔〕規模不小與蒲帆作主錦纜爲交生平自有

淩雲操百尺孤高趂來往西風晚潮泊參差落日楓
橋自一種江湖樂棟梁雖好比我不堅牢

詠櫓

前腔　常依小艇驚飛野鳥蕩散浮萍幾回欵乃風
初靜霧渚莎汀亂淮浦波心月明碎潯陽江上潮聲
還記的當年聽篷窗酒醒感起故鄉情

贈友

北滿庭芳　文林老儒惜陰陶侃賁賦相如生平肯
爲功名慮心廣眉舒看山去頻隨杖屨閉門時獨守
琴書幽栖處壺漿自足庭草不教除

風情

（北落梅風）更初靜月漸低繡房中老夫人方睡戰篤速走到三四回告多情犬兒休吠

閨怨 三首

（北落梅風）乜斜病陡峻愁怕黃昏月明時候喚梅香繡簾休上鈎恐嫦娥笑人清瘦

春將去恨較多罷金針倚窗閑坐困將來眼皮兒恰待合被黃鸝一聲啼破

離愁大好況無斷腸詞幾回難賦雨聲兒不知人夢孤只管里打窗敲戶

詠竹

（北落梅風）凌霄漢。宿鳳凰。種將來與草堂相傍。月明一枝幽趣長。斜横在碧紗窗上。

詠芭蕉

（北落梅風）紗窗外。清思加。戰西風翠鸞舞罷。記美人畫中曾見他。兩株兒在太湖石下。

草堂

（北落梅風）梅花帳。斑竹鈎。兩般兒寸分清秀。讀書人自來懷抱幽。其他的怎生消受。

寫興

（北落梅風）粧些喒撒會頑。走紅塵委實不慣。醉睜開一雙天地眼。瞧破了利名公案。

詠背面美人

（北落梅風）釵欹燕。鬢軃蟬。懶梳粧淚湮嬌面。背立向小桃花樹邊。怕傷人等閑窺見。

客舟

（北落梅風）踈林外。綠水涯。客船兒看來不大。這船兒不裝人共馬。單載着幾挑書畫。

精訂梨雲寄傲終

環翠堂精訂陳

高士里藏板

全一

坐隱先生

大聲秋碧軒稿

坐隱先生精訂秋碧軒稿目錄

套數

北南呂一枝花

卒律律狂風就地來　火燒寶光寺

正逢冬暮天　鄰家兄弟分歲

纔逢冬月天　氈帽

炎涼歹世情　瞽者放債

休提藝不高　道人應付

無多怎縈縛　秃子自敘

年程忒淺促　乞兒乍富

北般涉調耍孩兒

中途平地生災禍　舟中自詠疥瘡

身長力壯無生意　嘲川戲

教坊一色爲南戲　嘲南戲

小人度量忒經紀　嘲人盖屋

喬人却把風俗壞　嘲巫人

斯文自古多聲價　嘲外有事情

北中呂粉蝶兒

終日踟趺　佛訴寃

小令

北脫布衫帶過小梁州

嘲鋪排　嘲人做新郎

村夫送春

禿子　瞎子
瘤子　疤子
啞子　瘸子
跎子　聾子
豁子　癱子
北沉醉東風
嘲人送物
北落梅風
戲人送風栗　戲人送假火腿
南玉包肚

嘲人濫於花酒六首

坐隱先生精訂秋碧軒稿

套數

新都環翠堂藏板

嘲喬妓

【北南呂一枝花】生成性格喬。強把風情賣。臭名聞謝館。穢行著章臺。價值虛擡。彈絃子單圖快。唱曲兒音韻窄。逢着的剪髮燃香。遇着的盟山誓海。

【梁州第七】外面兒拿扳作勢。背地裏亂惹胡歪。幾般醜惡無人賽。吊腰撒胯。大眼尖腮。螳螂膊項。細狗形骸。焦黃髮不稱金釵。饞酸氣蒸透羅鞋。小規模近不的公子王孫輕口嘴見不的高人貴客麄皮肉止伴的坌漢村才貪婬好色只除枕上留恩愛攛的來別浪的來煞者麼你宋玉風流子建才也不掛心懷

煞尾　十番病倒八場害臉似黃瓢骨似柴大限不過半年外戀着的不來纏着的不睬纔把你那戰殺敖曹念頭改

歎桂

北南呂一枝花　君恩十畝宅世業三株桂蘭澤敷潤沃土脉藉栽培先代留遺小亭館臨幽致矮欄杆緊護持經幾番玉露金風見多少華筵錦席

【梁州第七】採金莛憐枝惜葉抱清芬屏氣存息近

新來可笑人情異全不解行吟坐賞單圖着杖打盆

擂討債似登門索取催租般發簡臨逼待應承樹老

花稀不依從講是談非看將來不多兒細蕋疎英怎

周遍着到處遠親近戚難供給無打筭故友相識有

花可喜不隄防反被花連累陪分說惹閒氣巴到中

秋緊皺眉那里也愛月眠遲

【煞尾】豈不聞小山招隱詩人意王氏三槐種德基

喬木人家子孫計告諸公得知達些兒道理誰肯道

結好於人害於己

精訂秋碧軒稿

嘲香茶桂餅

北南呂一枝花 天香豈浪誇金粟眞堪愛薰茶爲
正當薦蜜也應該也是他月直年灾有等人胡捏姹
把花頭喬布擺孩兒茶遶舖搜尋麄甘草沿門揀買
梁州第七 歪扭捻自家杜撰詐稱呼遼府傳來兩
三般攙和成一塊將他臼擂杵搗手搦拳揣千般折
挫百種安排把蟾宮標格沉埋喚香茶聲價高擡貴
重似靈丹藥珍保珍藏苦辣似吳茱萸又狠又歹堅
硬似鐵石猫難認難猜那一等蠢才弄乖手帕裏拴
褁荷包裹帶把風情女娘行賣擅口櫻唇到處抧當

不的買笑錢財。

（煞尾）詩翁常健花常在。緊閉重門不放開。浪蝶遊蜂莫嗔恠。我坐桐陰露臺。翫花香月色。不許閒人將半枝採。

送疥鬼

（北南呂一枝花）詩翁狀事情。疥鬼聽詳細。從來無觸犯。因甚做讐敵。我年過三十。那早晚初相會。不隄防纏到底。銜一味作痒生疼。無半點呈歡奉喜。

（梁州第七）接續着終朝魔障。沾粘着不肯分離。百般驅遣都不濟。摩弄着平添硬腫。抓猱着越有潮濕。

幾日來全無蹤影。一時間又有痕跡。是癰疽也有個休息。是痧麻也有個收回。你貪叨着我銷肉髀那得風流妨碍我寫字手。是何道理。欺負我殘病腰有甚便宜。恨你怨你。細思量無。一個開交計。盼殘年等除日。那井竈神煞總納職。你也換個新的。

〔煞尾〕你受投詞享此雞牲祭。別覓取個豐肥的再奉陪。若是今番不甘退。我着那臭硫黄火炙辣椒湯熱洗。直等到風捲殘雲那時節悔。

嘲作兒賀節

〔北南呂一枝花〕爲傭藝業低受顧名色賤見工方

定價歇手就無錢巴到新年雙線匠丟了排韃裁縫每拋了尺剪酒大工與缸榨相別磨搏士向籮箱告免。

梁州第七

過賣每盤碟收起織造的機杼高懸茶食舖不弄油和麵思量着一年之計商量在兩月之先支銷帳行行揭筭打發銀一一周全整陣見擦背挨肩成羣兒攞袖揎拳盔一頂爛氊帽不管高低弊一領舊布衫不得和軟買一雙老油靴圖個新鮮一心要展從頭兒想起歪親眷排門摟遶街串厮扯相拖到處裏纏肯分的雪雨連綿。

煞尾 老天不與人方便辦下衣裝不得穿一歲風流這一遍主人公鋪面好日辰定選縱是你苦苦央求讓不遠

火燒三官堂

北南呂一枝花 山門雜往來殿宇不潔淨終朝纏酒肉每日弄葷腥無暇看經官長到忙接應女娘來連叫請聖堂中丟放的擠擠挨挨臥房裏粧修的齊齊整整

梁州第七 常則是涎瞪瞪僉牒拜懺醉熏熏告十禳星非爲全不修功行褻瀆聖衆穢汚神明搪突將

吵惱犯天廷。一時間烈焰飛騰。肯分的大雨盆傾澆的個沈衣鉢火柴頭不死不活。諕的個李觀主木伴哥半昏半醒。煉的個王住持臭皮囊無影無形。些時暫頃。沿房器具無餘剩。丙丁神顯靈聖。留下三間舊廠廳。冷冷清清。

【煞尾】戴冠兒火部書了你姓。髽髻兒瘟司記了你名。久病的天曹赦了你命。從今後小胡孫若不成老雜毛再順情。少不的一下雷聲碎了你頂。

火燒上新河唱店

【北南呂一枝花】難尋子弟錢。怕受官排氣。院中無

買賣江口覓衣食得利些微整陣兒排門立幾家兒
一屋擠撇祖業瓦舍磚房投客店茅簷土壁
【梁州第七】有風信朝朝怕火無月明夜夜防賊天
公打筭難迴避祝融煽禍回祿乘機馮夷歛手巽二
揚威半空中火烈焰飛滿街裏鬼哭神嚎折罰的些
丟冷臉下無情老虔婆喘吁吁叫不辦尋船驚諕的
些弄虛脾還業債小妮子荒獐獐攔不住跳水逼撥
的些喫奴飯使閒錢坌厥俫扒乂乂恨不得鑽泥衣
裳首飾一合兒蕩散了窮家計許愿心發盟誓老奴
在梨園不掃移趕趂事再也休提

〔煞尾〕入城住了七八日依舊家中過不的貪戀新河那陀兒地從今後丙丁神惜面皮有一日猪潑龍怒起則消的一個旋渦送了你

火燒寶光寺

〔北南呂一枝花〕卒律律狂風就地來刮嗵嗵大火從天落昏鄧鄧猛烟遮日暗欻烘烘烈焰接雲高蓋因是天數難逃兩廊邊斬眼剛燒到正殿上迴頭早點着險荒煞不收心好酒鬧黎活諕处沒定性貪婬長老

〔梁州第七〕使不着解冤咒神通廣大消灾經法力

堅牢把一座梵王宮生扭做祆神廟跌脚的沙彌攘亂攢眉的五戒煎熬提水的頭陀奔走扒墻的行者悲嚎戳篤速禪床上扶不起鳳友鸞交軟兀剌僧房中走不急柳娃花妖誰着你合着掌哄愚人賛了些我佛慈悲眛着心誘妓女說了些眾生苦惱白着眼要錢財吖了些施主難消今朝這遭弄的你根椽片瓦無消耗也是你招來的災惹來的報天意何曾錯半毫罪業昭昭

【煞尾】則落的數株衰柳空斜照幾段殘碑臥野蒿常言道水火無情最麄懆把一個鐵羅漢不饒銅觀

音化了。你便是泥塑的金剛兒不的放翻倒。

隣家兄弟分歲

北南呂一枝花　正逢冬暮天。巴到年除夜。一家添喜慶。合宅盡歡悰。席面鋪設。小的每傍邊列。老的每上坐者。大鍾兒箇箇巡周。小盞兒人人遞徹。

梁州第七　見數兒都依次序。從頭兒不許攙越。火自兒當面把壺瓶熱。不吟詩打令。衡調嘴饒舌。看看軟解。漸漸也斜。一箇祭錢龍朝着井捻訣。一箇打頓驢攔着棍通説。葷醒兒件件消磨。菓蔬兒樁樁了結。菜蔬兒樣樣清潔。大家醉也。一齊叫動。多承謝你又

掩我又拽掙出房門四五跌險把臁刃撞拆

【煞尾】七郎靴帽由人扯九老衣裳脫不迭肎分明

朝大正月有人來拜節不見人迎接則聽的一第一

聲賽乾明

氈帽

【北南呂一枝花】纔逢冬月天便想偏牛帽頭寒須

護苦腦冷最難熬委實心焦應時候須索要一白忚裏

無處討市賣行打勾全無停傷鋪搜尋較少

【梁州第七】來不來桼黑氈貨動不動搭色羊毛故

交投以人之好貴如烏幘暖勝金貂情同白璧意過

綈袍且是的細密堅牢有些兒樣範傒僥仰看如兀
銚無梁側覷似鉢盂放倒近觀如漆碗合着端詳不
好戴來試把青銅照你又嫌我又笑帶頂連簷四寸
高不錯分毫

煞尾 試憑紙筆丁寧告此去南方道路遙一覺開
春暖天道你與我打開那紙包把人情做了不強似
瘴雨梅天着蛙虫咬

瞽者放債

北南呂一枝花 炎涼歹世情風雪寒天道嬾談周
易課伯上大中橋曉夜煎熬想幾貫閒錢鈔死丕丕

不是了只憑着自巳經營又不用他人代保

〔梁州第七〕鐵板似文書告免花押般印子拿着訟門遶巷都撥到合着眼拿般作勢揚着眉賣口粧么拖欠帳何曾容恕分文錢不肯虧饒喜歡了半月十朝卽漸的買賣傒僥一箇擡轎的王景脫空一箇賣炭的楊容弄巧一箇淘沙的王瓚顛稍馮剛說渡舡破了貫經兒臘味無消耗賣麵的李華嗺剝驢子徐明慣放刁枉自徒勞

〔煞尾〕家僮清早來通報算後思前怎不焦柴米椿椿緊關要等街頭東消也不須着惱捹着箇忍氣吞

聲慢慢的討。

道人應付

（北南呂一枝花）休提藝不高莫說名不正道人非是道僧衆不爲僧到處裡爛麪通稱攬齋事專察聽小家兒圖減省散衆每暑襪芒鞋繳首的低帽直領

（梁州第七）這家裡追亡薦祖那家裡了愿禳星翻經演呪舌根硬金剛卷獲身老本白連教惑衆虛名吃慣了見成茶飯斡不的本等營生一般的灑淨搖鈴一般的合掌觀燈你便是須菩提見了你醜形骸也把眉攢你便是釋迦佛受了你喬禮拜自然心影。

你便是觀世音聽了你胡宣揚反害頭疼諸雜不等。都是些愚頑軍舍窮百姓其實的不潔淨不食葷腥假志誠到家裡酒肉齊行。

【煞尾】老閻羅偌大輪廻鏡照察人間善惡情你造業多般怎折証免不的墮阿鼻幾層下油鍋九鼎一箇箇展樣驢皮要你背一領。

禿子自敘

【北南呂一枝花】無多怎禁縛忒少難梳篦胎中停下禁頂上做成疾百樣僥傒逼撥的鬢髮游絲般細干犯的頭毛亂草似稀不明白柳絮池邊難揀認梨

花院裡。

（梁州第七）又不是因設誓神前剪落。又不是爲悲秋老去狠籍。又不是十年苦行曾鈚剃。似箇開花瓠子帶雪蒺藜。放光銀碗。發亮霜梅。石灰末折着不知。葱椒湯盪着不萎抓。一抓滴幾點鮮血抉。一抉流一塲黃水徠。一徑恁兩手麸皮省的就里這些破綻非容易逞。不的強賭。不的氣行動胡蜂繞定了飛急躲着虧。

（煞尾）整冠怕向風前立。落帽羞從月底歸。揀遍僊方不能治再捏的幾日另作箇道理圖一箇光鮮則除是布裏漆。

乞兒乍富

北南呂一枝花 年程忒淺促。禮法多顛倒。世情全改變。風俗太虛囂。有一等輕薄儕幾貫村錢鈔。大廝入逞富豪。又不是舊功臣閥閱人家。止不過暴發戶軍民匠作。

梁州第七 赴酒筵坐不穩脚忙手亂。入公門立不正膀扭頭搖。強爲人事事真堪笑。動不動蓋幾間包山土庫。來不來買幾椿邪器官窰。是不是置幾件違法器皿。該不該裁幾套異樣穿着。坐雕鞍乘駿馬不管低高。逐王孫陪貴客不量皮毛、結幾箇喬官員往來閒欺壓街坊。收幾房野毛頭行動處施呈牙爪記幾句歪文談經紀行賣秀才學可嘲可惱井底蛙眼孔針尖般小。止不過阿時人諂權要者磨你剝落了親房貧賤交。那里肯施濟分毫。

〔隔尾〕上一箇欺公非理乾紗帽、辦幾席駭俗無名大酒肴。這等人牛馬襟裾豈足道。他是箇有限量斗筲無根源潢潦。一箇箇半路裡消乏之到頭的少。

〔牧羊關〕今日張三家請明日李四家邀。常則是醉醺醺月夜花朝起初兒執手三盃歸去後撑心一飽。

遇賢才無語對。逢俗子便粧么。正是驢羣裡駱駝大。
草科中荊棘高。
（罵玉郎）他把那牙籌等秤常平較。沒來由日夜裡苦
煎熬。天涯海角思量到。生放錢怕利不多。置買田怕
秋不收。停塌貨怕人不要。
（感皇恩）有那等淺見愚濁。小背兒曹。情愿去執絲鞭。
甘心兒呵馬鐙。努着力撼石橋。那里也貧而無諂。富
而無驕。則待要鑄錢龍。鑽錢眼。葢錢窰。
（採茶歌）使用悵怕支銷。分文利不躭饒。積壘成百
年鐵桶錦窩巢。禁不的詿誤官司連併擾。無情天火

幾場燒。

（煞尾）總然是十年好運天不報。少不的一日無常數。怎逃。寄語你個看錢的蠢材料。替兒孫儹着前程事未保。則不如喫了些便宜用了些好。

舟中自詠疥瘡

（北般涉調耍孩兒）中途平地生災禍。這魔障非同小可。只因五臟欠平和。臂尖上長起膿科堆堆積積無間空。密密匝匝有許多。芥子細胡椒大纔方挑破。等地生合。

（七煞）冷的來冷似氷。熱的來熱似火。朝疼暮痒如

何過痒如螻蟻頻鑽刺疼似鋼刀碎剮割不曾敢胡為做病源為甚證候因何

（六煞）莫不是打鬧處恐了饑莫不是盤淺處受了渴莫不是冒風久向船頭坐莫不是尋幽弔古跋涉的遠莫不是憶舊思鄉想念的多便做道勞行的過不當在肛門前打攪小便後相魔

（五煞）朝東來朝不得西向右來向不得左重重裀褥皆浸汚你便是薰香的荀令折奪的醜傅粉的何郎逼拶的濁厭繁冗躭寂寞忽刺入朱顏盡改一時間綠鬢雙皤

（四煞）不瘸來弄的瘸。不跛來弄的跛。昏昏至日灣跧臥。一遭兒前後做三遭兒去。半步兒行踏做幾步兒那。下床呵慢慢捅。輕輕磨。抓一振。渾身打噤。動一動兩腿篩羅。

（三煞）這些時拋詩書看難經。棄琴樽親藥裹。陽春白雪慵酬和。本是個無拘無束風流客。做了個不死不活木半哥。爲害也其實大。連累的皮膚燥癢。牽扯的腰胯偏陀。

（二煞）逢着人問秘方。灣着船尋外科。赤緊的山城野店無良藥。拿着根桔梗權當做防風用。撈着塊紅

精訂秋碧軒稿　　十三　　環翠堂

硃錯認做錠子磨。一件件施呈過越醫越旺。越治越多。

（一煞）等船行帳底藏見人來倉內躲。隨時不是先生儒科頭裸體難扎掙。又褌單衣怎打聧。英雄氣都折挫。長則在被窩中發放枕頭上么喝

（尾聲）到來日承恩喜氣多。觀光懷抱闊。把閑愁收拾起。還行樂。量着這疥癬之疾他害不的我。

嘲川戲

（北耍孩兒）身長力壯無生意。辦磣的誰人似你。三三五五廝追陪。不着家四散求食。生來一種骨頭賤。

磨槍多遭臉腦皮攘動了粧南戲把張打油篇章記
念花桑樹腔調攻習
〔八煞〕則說道靳廣兒那一班韓五兒這一起椿椿脚
色都標致一個粧興等地梳斜了鬓一個愛晃平空
絞細了眉一個快刀兒常把髭髯剃又不是官司差
遣又不是刑法臨逼
〔七煞〕黃昏頭唱到明早辰間叫到黑窮言雜語諸
般記把那骨牌名儘數說一遍生藥名從頭數一回
有會家又把花名對稱呼也稱呼的改樣禮數也禮
數的蹺蹊

精訂秋碧軒稿　十四　環翠堂

〔六煞〕劉文斌改了頭辛文秀換了尾劉電光攙和着崔君瑞一聲蠻了一聲奋一句高來一句低異樣的喪聲氣粧生的道將身去長街上看黃宣張掛粧旦的說手打着馬房門叫保子跟隨

〔五煞〕提起東忘了西説着張謅到李是箇不南不北喬雜劇一聲唱聒的耳掙重敷演一句話纏的頭紅不揃移一會家夾着聲施展喉嚨細草字兒念了又念正關目提也休提

〔四煞〕士夫人見了羞村濁人看了喜正是村裏鼓兒村裏擂這等人專供市井歪衣飯罕見官員大酒

席也弄的些〻歪樂罷箏纂兒亂彈亂研笙笛兒胡揑

胡吹。

【三煞】任從憎與嫵不知羞共恥去那千人叢裡誇

精細賣門掠戶何曾住擦背挨肩不肯離覓得些〻微

利把那賭場上靚爲家當酒店裏認做相識

【二煞】遠去有十數程近行有七八里破窰古廟是

安身地賽神賽社處味一個飽無鈔無錢時忍一會

餓夜裏熬日裏睡一纏一個鐘響一弄一個雞啼

【一煞】這廝每則顧嘴不顧身不掙柴不掙米都是些〻

二十以上三十歲常遭打罵常拖債不養爺娘不贍

妻我不解其中意且是的好模好樣且是也不蠢不癡。

（尾聲）好言語過耳風歹念頭入骨髓尋常禁約都不濟只除是割了舌頭卸了腿。

嘲南戲

（北耍孩兒）教坊一色爲南戲幾輩兒流傳到你新腔舊譜欠攻習打幫兒四散求食聽的文人墨客膺來謾富室豪民跑的來疾這等人何足計胎胞兒輕賤骨格兒低微。

（十煞）一個是聽便的吳信臣一個停喪的戴秉彝一

個成頭作夥歸君德。去那東鄰西舍商量着幹。打夥

成羣砌轃着爲拚。一夜都不睡。歸君德心忙似箭。哭

信臣步走如飛。

（九煞）喬粉兒家去了兩遭。朱聰兒家轉了一回。把

定銀錢半先交遞。這一個幇閒子弟生來好。那幾個

貪鏝厥兒不肯推。那想東道主沓嫌貴。把話頭兒改。

悔日子兒那移。

（八煞）說川子每辦得來標樂。人每不甚喜。劉文斌

可不强似荊釵記。一時間宅院喧譁起。半霎兒街坊

聚會的齊。銀兩兒都花費。還寃錢再難科歛。隔手帳

誰肯貼陪。

（七煞）樂人每再不邀。戲箱兒就當回。一個吴郎急早先隄備。一壁廂省錢粮沓誇蜀戲粧的來巧。一壁廂趕衣飯却恨官身散得來遲。急巴到黃昏際。當不的街長路遠。禁不得雨趕風催。

（六煞）鬧着的伴不知。道着的全不理。指張說李胡支對。那裡也熱烘烘四座銀燈點。則落的靜悄悄中堂繐帳垂。唧噥着都商議粧生的說恐耐着再探動靜付净的道竅撒了倒是便宜。

（五煞）一個兒說熬不得腳疼。一個說捱不得肚裏饑。一個說討些些茶飯添筋力。一箇欠挨着格扇叫行不動。一箇斜倚定門枋道站不的。一個望屋梁不住長吁氣。一個說無燈籠尋一個兒火把。一個說少鋪蓋借兩領兒蘆蓆。

（四煞）望着天月色無覷。着地街道黑。赤緊的鼓樓上發過初更擂。故官營時有迷人鬼虎踞關長多截路賊。也只索尋歸計。經過了這場兒險折準了一運災疾。

（三煞）連丟了四五交。剛行到三二里。把頭髮再挽腰重勒揩不迭。酸臭渾身汗。掙不動扒又兩腿泥。行走着行尋覔。則見那熱酒店門關戶閉。巡更鋪梆響鈴提。

〈二煞〉怕上岡又上岡。怕過水又過水。正是路當險處難廻避。先行的大叫休失伴。後趕的連聲待等齊。險此〻把殘生棄。忽聽得清涼寺數聲鐘響。石城門幾處雞啼。

〈一煞〉這等人只可踈不可親。只可嗔不可喜。他十中入九無恩義。他着虧處儘是甘心兒忍。受好處何曾覷口兒提。只除是財和勢。一頓打添多少呈歡奉喜。幾錢銀買多少做小服低。

（尾聲）他那個遭魔的理正當。你這箇名錢的名不美。件喪犯夜都該問個不應罪。犯出來呵律有名條放不過你。

嘲人蓋屋

（北耍孩兒）小人度量忒經紀。俏地把房兒蓋起。不通風生怕外人知。棺材行顧了幾個江西。單愛他價錢省減工夫少。那裏管造作平常手段低。自打筭自商議才料兒不甚齊整。日子兒問甚凶吉。

（五煞）桁條是大松篦鋸四開。柱子是小杉槁不去皮。馱梁襍木還嫌貴。椽子是累年積下鋤頭柄。地磉

是到處搬來碓嘴石所件兒不周備少紙觔攙些麥穩無望板苫上蘆蓆

（四煞）也不會買土坯也不會打地基碎磚碎瓦把山牆砌舊窓櫺一邊紅了一邊黑破槅扇一塊油來一塊漆窮計較天生的會要鍬棍搓草繩不須軟篾巧屋脊省石灰止用漿泥

（三煞）立柱等人定時上梁在黑夜裏傷人不解其中意怕的是良工落筆描了他圖樣怯的是朋友臨門費了他酒食異樣的忒夾細一斤肉也秤個輕重一文錢也討個便宜

二煞　鑽了眼纔買釘。數了人纔下米。算盤帳簿何曾離。只要一時一刻無閒空。一草一針不走失。豈肯輕花費。木查兒掃來整檐。鋸屑兒攢下成堆。

一煞　一堵墻頂住門。三間房靠定壁。青天白日長昏晦。似那混堂一樣多潮濕。冷鋪周遭欠壯實。只有兩件病堪調治。害風眼的尋來藏躲。發皮寒的債了將息。

尾聲　今年個倒了東。明年個壞了西。自古道得之易而失之易。常常的換舊添新左右累了你。

嘲巫人

（北耍孩兒）喬人却把風俗壞。他全不解諸行事色。自家怨恨自裁劃。天生成濁骨凡胎。待訓誨講論無學問賣俠誇張。欠口才。一件件不尷尬。則除是妖言惑衆左道求財。

（六煞）挖河泥塑土神。偷城磚壘祭臺。假名托姓成作的快。香煙初起塡塞了巷。破鼓纔敲鬧動了街。輕狂的殺。纔掙着明晃晃一柄斧舞將東去。又提着個厮琅琅九環刀跑過西來。

（五煞）降南神說會蠻。附北神撇一會喬醜軀老施展那威風大。大大厮八坐定歪交椅。硬別邦挐着大傍

柴所件兒胡支派淨茶兒奠了又奠淨酒兒釃了重釃

（四煞）纔説是楊四郎又翻成包太宰張三李四胡厮賴倚着此無家魍魎歪依附便説是上界神靈自遣差那裏得一年外砌兩條放光街道蓋一座彩畫樓臺

（三煞）有等人綽驚兒共讚揚聞風兒齊喝采未離家先準備着千來拜見他皺眉睜眼荒燒紙見他跌脚搥胷便捨財一時間不語又道是爺爺恠一箇箇言不敢妄發頭不敢高擡

（二煞）來遲的搭幫兒四下裡屯。向前的從頭兒一字擺。都是此。濁民富漢把猪羊賽弄的那未成婚的女子抱着個千張走半條命的婆兒托着根拐棒來。想是少欠他前生債。衡一味胡言亂語怎消的人禍天災。

（一煞）鄉貫兒任意謅事情兒隨口改。刻的又經文符呪全不解。把此箇紙錢甲馬將頭纏定。一覔裏肥肉膻腥把嘴撐的歪可不玷辱殺蕭元帥戴一頂糙糊頭氊帽穿兩隻鮎魚嘴皮鞋。

（尾聲）倘能夠把邪神急早除。將淫祠連夜折古人言興利先除了害。休怪道詞客騷人話頭兒歹。

嘲外有事實

（北耍孩兒）斯文自古多聲價。不似你乖違禮法。之乎也者頗通達。外誠實就裏奸滑。他道胡行事自小心不好。非理地生來脚不踏。元來妝假鈔揞虛架。將醜行藏遮掩。歪德行矜誇。

（十煞）為功名催赴京。戀恩情怕離家。剗地藏頭露尾多奸詐。想着那守空房妻子難撇下。把箇趕遠路驢兒待走乏。日夜裏心牽掛。寸數番寄信。八九遍回家。

（九煞）舊情兒早是休。野食兒又要打。脚蹤兒撥遍儀真壩。看那粗腰坌膀做三春柳。腫臉胖唇似一朵花軟似纏胡厮研。歪文假醋料嘴敲牙

（八煞）惱的是總兵官號令嚴。怪的是衆軍牢能體察要盤桓不得些兒暇。未會上岸鑼先打。及至灣船鼓又撾巡視緊關防大。道是我幪着頭撞網。瞎着眼跟他。

（七煞）實指望到臨清住幾宵。不隄防過房村留半霎。喜的是天昏水淺東風大。一箇大儀清興能勾引一個廷潤慈心共濟拔。一夥兒相拖拉。鑽鑽刺刺。急急

巴巴。

（六煞）見兩個兒不大標。一枚兒頗俊雅。你向他耳邊低說了些私房話。誘的箇沈郎夜靜甘獨卧。陳二情濃做一家。虛說道廻船罷。不提吃酒。則道承茶

（五煞）誰想你油羅帽再打迭。破白靴仍擦搊。綠羅搭護重披掛。拿着那半壺酸酒三枚彈。兩楪醃葱一把鰕。夾着領臊皮襖將寒壓。妝成那豐富做出那奢華。

（四煞）大四八不採人。歪廝纏傒落殺。三番兩次高擡價。則道是爲雲作雨巫娥女。原來是巴鏝搧錢母夜叉。全不肯相容納。錢挑了黃鱔。銀追了紅搽。

（三煞）總然是難上難須索要耍一耍儘着刁蹬挵着罵一時爲利搶白了俺我兩月孤眠怎生放過他不了帳難甘罷挵着些苦楚告不的消乏

（二煞）趲路呵趲的蹺脚酸呌人呵呌的喉嚨啞過溝過澗多驚怕行來後巷尋前巷指定張家當李家歪調侃胡説話灌了些黃湯苦水又不是玉液流霞

（一煞）弄的那管散夫船頭歪調文打前站家僮閑嗑牙他兩箇醺醺爛醉抽身趓單防着更深船上人知覺不料他雨過河邊跳板滑一聲響堪驚訝一箇在中桅前亂呌一個在淺水裏忙扒

【尾聲】上付你田草包再令番休發傻便做道你胡行亂走諸般罷湯牌死呵人命關天不是耍

佛訴究

【北中呂粉蝶兒】終日跏趺滿懷愁對誰伸訴本是個了三乘幻化全無將我來木雕成銅鑄就粉粧泥塑近新來一火迷徒倚着咱亂爲胡做

【醉春風】那裏會坐寺等燒香止不過上門擭施主東邊裏扛了又西邊常好是苦苦望行滿功成是緣薄分淺反你憎我惡

【紅繡鞋】一會家心中發怒果然是業火難除無明

無夜費躊躇日子裏捱不過言語兒說不出怎發付一肚子冤共屈

〔石榴花〕脩心了性悔當初沒來由死後號爲佛獨行獨坐怎支吾年程淺促風景蕭疎受用些鑽頭不入低房屋便休提金碧浮屠本待要把衆生接引上菩提路如今也連我在塵途

〔鬬鵪鶉〕頂包的無量無邊削髮的成行作伍都則是賣狗懸羊那裏也降龍伏虎將大士如來畫一箇圖寫一個虛疏簿似這般昧已瞞心怎能勾消災降福

（上小樓）把我來輕如糞土。看如朽木。道我無故無親。無影無形。無智無謀。撇的我獨行獨坐。嘴骨都無人幇副儘着他拆魔欺負。

（么篇）説甚麽問大乘。叅六祖。他口内慈悲。面上温和。心裡陰毒。對着人覔菜蔬。買豆腐。持齋把素。背地裡飽餐魚肉。

（耍孩兒）我聰明反被聰明悞。躲離了西方淨土。楊枝甘露洒醍醐。到中華教化頑愚。與老君道德原同軌。孔聖經文不異途。種善根絶人慾。脩成的功果。立就的規模

八煞 坐蓮花七寶臺住莊嚴大殿宇達官禮拜賢良慕則爲我 普施歡喜人緣衆大闡宗風法網疎好歹的收留住隱躲了此此無名無籍護贍了此此逃匠逃夫

七煞 他不當軍不做民不係州不在府游食四散漂流戶六字咒翻的舌頭快三寸鐵削得腦袋禿也當個緇流數戴一頂左機帽子穿一領大袖衣服

六煞 說上金橋下奈何升天堂下地獄急脩善果休遲悞逢着婦女拿錢帛扯定庄家要米穀請施主捨求資助說造一尊兒羅漢化幾貫兒青蚨

〔五煞〕平白地撇會鏺沒來由擂會鼓千方百計誆財物把那香油艾火燒皮肉鐵鎖鈎搭掛手足吽一聲行一步嗑頭呵額顱紅腫寫經呵血水模糊

〔四煞〕弄的我哭不的笑不的吞不吞吐不吐出乖弄醜當官路半批竹瓦牆頭蓋幾領蘆蓆地下鋪更小似巡更鋪看着對點不着蠟燭守着個扳不倒香鑪

〔三煞〕着我披晨星帶曉霜冒斜風當捎雨更無一荅安身處共修法會全無用同結良緣總是虛休恠我閑聒絮等圓滿丟的人破頭拆脚開光明弄的人有眼無珠

（二煞）雖是我不動心雖是我能忍辱冤家太不達時務森羅殿有日無常到生死簿難將罪業除休想道從寬恕查檢遍輪廻六道差派去作馬爲驢

（一煞）上一封懇切書啓當朝 明聖主把閑雜寺院都除去敎那厮城中市上休來走林下山間不可無考察過纔給度本分的存留守舊浮華的黜退還俗

（尾聲）送府州納稅粮發衛所着隊伍把軍徭查上本真寔數有一箇逃亡解一個補

小令

嘲鋪排

北脫布衫帶過小梁州　青布衫兩隻皮鞋。裉褶領

蠢坌身材斜坐在高人左側聽定着素食小菜。眼

似鸞鈴手不擡一覓胡嗯便做乞兒丐者趕中齋則

合在門兒外難放上堂來。老夫見了心驚怪低着

頭半晌疑猜見他將香火添齋食派是醮壇中一害

異樣的醜鋪排。

嘲人做新郎

北脫布衫帶過小梁州　小哥哥今做新郎一弄兒

打扮非常乾皂皮靴兒愛晃青氊胎帽兒官樣　拜

了周堂拜四方禮數安詳。郎才女貌兩相當。筵席上行動也雙雙。　多情丈毋偌來胖。歪歪着鬏髻端相做出那喬模樣。連聲叫撒帳。休錯過好時光。

村夫送春

【北脫布衫帶過小梁州】　老鄉蠻一火兒窮胎喧呼起後巷前街。長布衫搖搖擺擺。破綱巾帽兒歪戴。四句胡謅賣口才。打動哇哇笛。吹版打鼓扛檯輕狂殺不住把鑼篩。　誆錢拐米還私債。白着眼賴是官差。個個嫌家家怪。一般堪愛。歲歲送春來。

嘲趙良佐非法筭帳

北鴈兒落帶過得勝令　一箇經營不當行　一個銀兩圖生放　一個落些零碎錢　一箇筭起鏖糟帳　一個到處躲灾殃　一個眼下要陪償家長胡生事軍牢助假忪刑法兒非常四條鎖拴膊項鄭旺兒輕狂跪膝着禀勾當

戲王友司喪

北雁兒落帶過得勝令　終朝伴死屍每日纏喪事沿門看挑錢到處攙行市　但叫着不推辭但請着不尋思纔裝裹張千戶又發送趙老兒無奇巧言詞賣弄殺銘旌字　一片心孜孜列芳名寫告示

因跌自嘲 二首

北水仙子 夜來微雨過庭堦兩脚偏從滑處躧額顱鼻凹都跌壞一家兒失了色老先生心裏明白否泰也何須問吉凶也難料測當些兒薄難輕灾

少年行動走如飛涉險攀危過六十老當益壯多筋力得康强心自喜平空的一跌僥傒歲煞神無傷犯日直神有道理輕輕的去了油皮

嘲人送火腿

北水仙子 送來火腿十分佳外面煙薰就裡假何人巧手能醃臘大官厨傳秘法便休提道地金華衢

一味黃油臕鮮紅的都夢撤纔嚐着湔口呵剌。

嘲人送墨

（北水仙子）奉回眞劑色奇絕換到玄霜香透徹細看來未敢分優劣規模同記號別喚家僮仔細磨者臭一臭玉堂淸興想一想翰林風月前頭的到較高些些。

嘲人賀節

（北水仙子）湔街泥濘馬難騎草履釘靴拜怎的這家灌得醺醺醉那家裏依舊喫不思量還有明日這一個攙回去那一個扒不起不知道有甚便宜

嘲人言南京妓女好 四首

（北朝天子）北京的寡情南京的有情南與北同心性一般都是陷人坑跌倒的難扎掙假意温存虛脾欽敬無錢時氷也似冷有情的鬼精寡情的本等暗送了倈兒命

陪錢兒過從輸身兒挫捧呆漢子貪心動風流謎裏暗包籠識破了成何用三死三活七擒七縱大故來都是哄圈套兒放鬆癡迷人不懂往後去越着重

黑沉沉柰何花樸樸業鎖挽攜着生灾禍來的不少去的多睁看眼識不破一壁裡湯波一壁廂放火這

家風須問我。正盞兒勸着。傷盞兒怎躲。浪差發當不過。

情濃時便休。興闌時快走。染重了難搭救。黃金散盡買風流。到底干生受。愛富嫌貧。憐新棄舊。這歡娛不耐久。轉一轉念頭。看一看後手。再儹積不能勾。

戒甥好嫖

北朝天子 拿着些些橫財。創花街柳街。少欠下猱兒債。三朝五日不回來。那怕尊親怪。專務虛華。全無實在。知過也必自改。大中橋大伯。麗春園奶奶。兩下裡胡廝賴。

嘲雲窗買房不成

北朝天子 鬧市裡兩家。背靜處幾家。講論着七八下買的褒貶賣的誇。難定真實價。袖手旁觀說些閑話攛掇了不是耍譚先生眼瞎。王道士鮓巴。也不索央他罷。

索物 二首

北朝天子 鐵櫪的最標。花梨的也好。隨意與不索落幾張舊椅不堅牢。常惹賓朋笑。子曰詩云。不如直道不送多須送少。這件兒等着。別樣兒再討。土產貨諸般要。

枕頭上忖度不宜遲宜早。避不的人譏笑。今朝盼了又明朝。土產貨無消耗。細想多得。不如少要。到後來沒甚麼好。百十椿討着。與些兒便了。有一日當還報。

牙疼

（北朝天子）一時不止。別樣病都不似。兩腮上下一遭兒疼痛。依資次。蟲也全無。風又不是。爲甚麼傷害此。作嘲詞戲詞。歹喉舌慣使。也不干牙兒事。

禿子

（北滿庭芳）花花搭搭。纔方遮護。又待撓搔。四邊白點如錫蠟。頂上光滑。帶斗篷風流的話。巴除帽兒生夗的冤家緊靠定葫蘆架辨不的眞假多幾縷兒亂頭髮。

瞎子

（北滿庭芳）睜粘淚倘終朝獨坐氣悶難當出門全不知方向撞倒東𦊱卦爻內論陰陽消長琵琶中說楚漢興亡秋月明春花放儘別人說賞睡夢裡過時光。

瘤子

（北滿庭芳）不疼不癢難鍼難刺非癬非瘡鼓釘相似燈毬樣醜惡非常光溜溜眉邊眼上顫巍巍耳畔

腮傷摩弄着越發旺。一年年暗長。不害命也難當。一

疤子

〔北滿庭芳〕眉邊眼傷焦皮倒捲。淤肉成行。有時生在腮頰上。攤塌鼻梁。小破綻瘡癤致傷。大片丈湯火爲殃。受患處偏滑盪寒。毛兒不長。摩擦着溜油光。

啞子

〔北滿庭芳〕誰人似你。一生不曉說。是撇非。無形無影難醫治。有苦誰知。大小物常將手比。寃屈事只把胸搥。受了些腌臢氣。都裝在肚裡。一字兒道不的。

瘸子

北滿庭芳　斜行橫走登高最怕遇險先愁追陪每落他人後恐恥包羞我只道腰偏胯扭原來是骨挫觔抽要平穩不能勾越拿捻越醜先一隻脚見丟

跎子

北滿庭芳　形如鉤戟一條脊骨不得周直五行造定彎弓勢胎裡殘疾那里也曲肱飲水再休提量體裁衣每日家低頭立雖不曾爲米無差發也便宜

聾子

北滿庭芳　沫塞氣梗轟轟裡面常作雷鳴風晨雨夜皆魆靜坐臥不驚那里也聞名聽聲難則道附耳

傳情兩隻眼常白瞪任揪衣扯領對面見叫不應

豁子

〔北滿庭芳〕常開不矓外皮皺紫內肉飜紅五音唇齒知輕重全不關風好惹事粘連着鼻孔不上相損壞了人中別樣治都無用細針兒斜拱揪撿着兩邊縫

癱子

〔北滿庭芳〕經年累載觔彎骨軟眼吊唇歪生來少欠床席債動轉扛擡藥㗖下痰涎阻膈鍼扎着關竅不開一會家覺惱快收拾下木拐努着力起不來

嘲人送物

（北沉醉東風）硬蓮米傷牙怎咬。好情懷滴水難消。纔聽的黑狗嚎。不想是鹽徒到。向燈前仔細偷瞧。高捧定盒兒遠跪着。活現世波斯進寶。

戲人送風栗

（北落梅風）房簷下吊風地裡吹。滿口牙被他連累。諸般兒想來沒一件兒比。鐵蓮子做他兄弟。

戲人送假火腿

（北落梅風）拳頭來大。分外擅這東西。發瘡不善想蘇州離京借近遠。病中人扯不的長限。

嘲人濫於花酒 六首

南玉包肚　痴迷心性。那裡解瞧科見景。他恁般暮送朝迎。百千番海誓山盟。畫堂明日又春生。莫認無情是有情。

逢塲作戲。說甚麼成雙到底。熱烘烘酒釅花濃。誰知他口是心非。隣家唱動五更雞。你是何人我是誰。

無情鶯燕。虛飄飄歡娛眼前。一時間解悶消愁。圖甚麼美滿因緣。今來古往麗春園。幾個元和李亞仙。

窩弓暗箭。送了些長安少年。背地裡掃雪填河。人前說不使閑錢。馮魁斷送引三千。莫把忠言當惡言。

蠅頭微利大着膽橫行妄爲。則落的赤手空拳。眼睜睜兩下分離。拈輕負重做不的。船到江心補漏遲。一些滋味。休認做如膠似漆。被窩中軟玉温香霎時間變做頑石。羞將恩愛向人提。啞子喫黃連苦自知。

環翠堂精訂陳

高士里藏板

全一

坐隱先生

大聲可雪齋稿

坐隱先生精訂可雪齋稿目錄

套數

可雪齋稿目錄畢

坐隱先生精訂可雪齋稿

新都環翠堂蔵板

套數

元夜

【北商調集賢賓】暖溶溶鳳城春似海，花湖洞錦樓臺明皎皎。千門萬戶鬧烘烘，六市三街有星橋鐵鎖高橫。正金蓮火樹齊開，幾千枝蠟光燒月色，那里有半點雲霾。真個是笙歌平地起，香靄半空來。

【逍遙樂】風光堪愛，端的是一刻春宵千金怎買。何幸吾儕際昇平，民物和諧，逐隊隨行儘放懷，似誤入

桃源境界。你看那丹青屏障。斜帶着錦繡排桫。高懸
着風月招牌。
〔金菊香〕粧點出十洲三島小蓬萊。分明是擊鼓鳴鑼
大會垓。花燈兒四圍交鬬彩。月漾燈篩周入極貫三
台
〔醋葫蘆〕太極燈陰混陽。日月燈盈對晏。雪花燈滚
滚復皚皚。有金鰲振鱗人見駭。上面把蓬山穩載。看
緋桃紅杏倚雲栽。
〔前腔〕翠巍巍地湧山綠沉沉山映海。我則見金銀
宮闕半天開。一箇浮屠燈九宵摶瑞靄掩映着幢旛

寶蓋。一個火珠當頂蜃辟胎。

前腔 畫屏燈四面遮。繡毬燈一字擺。你看那紫鸞丹鳳舞毰毸人叢里喊聲翻動海。流水似飈輪火塊則見錦重重社火鬧中來。

前腔 才過了竹林游晉七賢。又有那瓊林宴唐十宰。早擁上孔門七十二賢才。更有那縱橫四豪諸劍客。無數的峩冠搏帶。又一簇仙風道辦甚奇哉。

前腔 一個漢鍾離髻兩鬏。一個呂洞賓巾半側。藍采和搖搖擺擺放狂乖。一個李屠拄着個枯木拐。張果老驢兒行快。一個韓湘子手内牡丹開。

前腔一個何仙姑竹罩籬因甚擎。一個曹國舅雲陽板不住拍。見幾個風流人物伴着醜形骸。偌來高木橇雲外蹦。賣弄他神通廣大。看那無根花頃刻發枯荄。

前腔一個潘安仁奉版輿。一個老萊子呈戲彩。一個孟宗哭竹痛哀哀。一個蔡順自將桑椹採。一個王祥守奈。一個抱鋤郭巨把兒埋。

前腔一個惡那吒鳳翅盔。一個李天王龜背鎧。挫捧着金身丈六老如來。一個紅顏綠鬢小善才遥望着觀音禮拜。洒楊枝甘露淨塵埃。

前腔一個安祿山忒紊肥。一個東方朔直這般矮。一個沈休文肌骨瘦如柴。他每衣裝相貌不佳的攺說不盡千奇百怪。又一個貨郎兒擔子巧鋪排。

前腔那老兒破袖衫背脊彎。皂頭巾鬢髮白。挑着個軟沉沉擔子壓肩歪。吁道是喫的用的隨意買。者麼你頓回零賣。引的些女郎每提挈幾個小嬰孩。

後庭花你看他麝蘭風不動埃。可知道綺羅叢里偏戀客。這壁廂轣轆香車過。那壁廂丁璫玉珮飾觀仔細覷明白。他每都矜誇賭賽紫貂裘稱體裁。凌波襪剛半窄。鮫綃帕暗地裡揣。錦香囊私地裡解。紫雲娘偏愛才杜樊川忒殺色。

青歌兒 呀還償了些花錢花錢酒債成合了些雨情雨情雲態 直走到 河漢西傾斗柄歪則見那女貌郎才杏臉桃腮擠擠挨挨鬧鬧垓垓引幼扶衰撒褪粧呆有那等大院深宅玳瑁筵開月砌雲堦絳燭銀臺。翠袖弓鞋寶髻金釵燕列鶯排綺剪霞裁玉斝高擡玉液頻釃隱括商猜戲謔談諧見如今元首明哉股肱良哉庶事康哉儘今生今夕樂無涯望北極遥瞻拜。

浪裡來煞 梯航拱上京禮樂興三代春風壽域八

方開祝　皇圖永安千萬載人幸與燈光長在約明
年花市又重來

壽徐魏公

北南吕一枝花　潭潭宰相居凛凛元戎第觚稜平
聳踞輪奐競翬飛閥閲根基贈衮晃榮先世錫貂蟬
蔭後裔啓雕窗賓迎着鍾阜朝雲俯朱檻暎帶着秦
淮流水

梁州第七　環布下七重錦帳新築成十里沙堤
寵恩優遠作留臺寄江淮保障京國藩籬令嚴武士
德撫黔黎有勤王伊傳功勳有致　君堯舜忠直華

堂中氣昂昂森列着八座瓊簪。轅門外光皎皎密排着千枝畫戟。柳營前影飄飄高建着五丈牙旗。旱梅放蕋。正雪花六出呈祥瑞。慶蟠桃海山會。一片仙幢颺彩霓。謫降瑤池。

煞尾　龜鶴願祝三千歲。一度登階一獻杯。今歲今年是春日。值三公誕期。應三陽節氣。大象乾元利貞吉。

春情

北黃鐘醉花陰　簾捲春寒杏花雨。閑倚遍闌干數曲。羞傳粉。倦塗朱。自入春來。好事無情緒。清減盡瘦身軀半步房櫳怕待出。

〔喜遷鶯〕自五陵人去。那曾的眼展眉舒。躊躕問花不語。獨對花枝幾歎吁。好芳菲誰是主。說離思鶯喉燕舌惱離情柳眼花鬚。

〔出隊子〕掩重門凝佇。是誰家嬌幼女。你看他飄飄錦帶暎羅襦。轣轆香輪走鈿車。鏤鋏金翹攢翠羽。

〔前腔〕恣評紅揀綠。翠紅鄉邀伴侶。他每都鬪尋芳草步爭趨。戲挽柔條手笑舒。驀轉秋波情暗許。

〔刮地風〕他每逐隊隨行陪笑語。不道人影隻形孤。去年時送別長亭路。到如今記得來糊突。錦重重綺窗

朱戶濕溟溟柳烟花霧怕春來愁春去轉頭春暮想
薄情忒狠毒兩綢繆一霎生疎漢相如却把文君負
呀敢白頭吟親自續
【四門子】錦回文織到傷心處話無多恨有餘搭一
首兒詩附一紙兒書覓不着錦江雙鯉魚將好字兒
添歹字兒除倩一箇行人寄與
【古水仙子】他他他煩士夫是是是又不道生來氣
味粗儘儘儘小心兒切月批風敢敢敢軟性兒憐香
惜玉呀呀呀一時間歹做出我我我等他來取箇招
狀將將將負心的罪名當面數剛剛剛對人前扯碎

姻緣簿才才才摔破了悶葫蘆

尾聲　杜宇無端爲誰訴只叫到淚血乾枯由九自訴不平心上苦

春怨

南南呂梧桐樹　香醪爲解愁酒醒愁依舊斜月殘燈正是愁時候愁憑酒破除酒被愁逋逗酒力無多愁去愁還又愁深酒薄難禁受

東甌令　花凝恨柳含羞花柳傷春人病酒鶯啼燕語清明後全不管人消瘦剩雲殘雨兩悠悠遮斷晚粧樓

（大聖樂）桃源洞花事都休。許劉郎重到否。啼痕湮透青衫袖。傷白傅惱江州。這些時瑟琴罷却求凰奏。可正是紅葉誰人寄。御溝。陽臺夢杳。苦追蹤問跡。似無還有。

（解三醒）忘不了共攜纖手。忘不了西園秉燭遊。忘不了同心帶結鴛鴦扣。忘不了羅襪雙鉤。忘不了香囊雜絲新挑繡。忘不了百寶珍珠絡臂鞲。問窮究。把嬌歡美愛。盡付東流。

（餘音）好姻緣還成就。繡幃錦帳傚綢繆。月底新詩再和酬。

閨情集花名

（北中呂粉蝶兒）笑眼睜開一團兒海棠嬌態結春愁荳蔻含胎瘦伶仃寬掩過合歡羅帶鎖梨花暮雨亭臺杜鵑聲碧紗窗外

（南泣顏回）金鳳舊時釵錦帶匆匆雙折辛夷夢想宜男甚日歸來芙蓉貌改對菱花無意描眉黛怯山丹不奈輕寒碧桃香人遠天台

（北石榴花）剪紅羅做就鳳頭鞋金蓮小款款步蒼苔木蘭干斜倚費裁劃正淩霄月色石竹風篩瑞香烟縹緲摶雲盖金錢兒仔細鋪排卦爻兒薝蔔深深

拜。丁香舌私語記明白。

（南普天樂）紫薇郎薄情煞。木槿要將聲名壞。把金銀花費傾囊。麗春園落下招牌。結香半載。薔薇謝却菡萏將開。

（北鬭鵪鶉）一些兒茉藜牽纏。又不是雞冠間隔。止不過水疊山巒。似阻着佛桑大海。展轉思量月季懷。他水仙般謊秀才。小見識碎米心腸。巨勝似偷香計策。

（南朱奴兒）十姊妹將咱見責。玉簪珥無心懸戴。郁李氷絃調轉哀。滴珍珠淚濕香腮。懨懨害。芍藥怎解。

晝夜合寵耐。

（北十二月）他則待茶蘼酒色。那里有石榴恩愛。辜負了長春宴歡消磨了玉蘂形骸。他龍爪般心毒毋意歹。將繡毬兒棄擲在塵埃。

（南撲燈蛾）牡丹花中國色。木犀天香氣格。托模兒似粉團。渾身兒有素馨。縱江梅果然難賽。無定影似楊花風擺。我做錦被將他遮蓋。半含笑佯推不採。一會價猛然躑躅上心來。

（北尾聲）後庭花燭還相待。金盞高擎酒謾釃。鶯粟當年玉鏡臺。

集藥名題情

（南商調集賢賓）今年牡丹花較遲。又開殘芍藥荼蘼。石燕雙雙尋舊壘。正蜂房採盡芳菲。沉吟薏苡。惜輕粉濃華憔悴。和獺髓描不成柳葉霜梅。

（前腔）檳榔遠方音信稀。問不着浪蕩蹤跡。遠水常山千萬里。寄平安白芷空回。全無枳實。恐將我紅娘抛棄。似無根水木通達。好難尋覓。

（黃鶯兒）香冷鬱金衣。變烏頭減玉肌。斟量五味難調治。人言這疾。没藥可醫。隄防貝母多疑忌。向白芨天南星底。麥蘖告神祇。

（前腔）梔子去何之。望夫身恐滑石。羅衫漫滴梧桐淚。杏仁那里。獨活怎的。蓮心苦在咱心内。似膠漆雌黃口嘴。華撥燕鶯期。

（琥珀猫兒墜）禹餘粮後。梹子上青皮。雲母紗幮初睡起。一春半夏守孤幃。時催。又早菊花天敗葉紛飛。

（前腔）雪迷山藥。百合掩朱扉。款把珍珠簾幕垂。兜鈴響聽驕嘶。猜疑。敢是茴香那人當歸。

（尾聲）蓯蓉展放鴛鴦被。金鴨重將腦麝煨。錦帳雙斟竹葉杯。

富文堂初夏讌集同徐子仁聯句

〔北黃鍾醉花陰〕簾捲東風畫堂曉。恰春色三分過了。鶯辭谷。燕成巢。花事闌珊萬綠枝頭鬧。牡丹困尚呈嬌。芍藥翻階試紅早。

〔南畫眉序〕堪賞景偏饒。彷彿十洲共三島。喜繁華地勝。閥閱門高。小橋橫綠水斜通。平堤接垂楊輕罩。市囂長日何曾到。塵煩向此全消。

〔北喜遷鶯〕想蘭亭行樂。半都是酒聖詩豪。招邀。山陰故老。今日個江左衣冠屬我曹。慣追遊。能述作。盡壓倒參軍放浪。平欺着內史風騷。

〔南畫眉序〕唐節度漢嫖姚。筆陣詞鋒座間掃。更氣

同儒素禮邁時髦蕩汪陂萬頃波瀾挽快閣千年風
調市囂長日何曾到塵煩向此全消
（北出隊子）啓華筵歡笑竟何須珠翠繞有瑤函玉
匣閟藏牢錦軸牙籤次第標虎略龍韜收貯摶
（南神仗兒）情懷傾倒情懷傾倒風月無邊乾坤窄
小折取花簪烏帽你看那一觴一詠淺斟酌且休
道樂今宵還拚着醉明朝
（北刮地風）不肯放西園人散却又何妨酩酊酕醄
絳紗籠十二教前導一齊的畫燭高燒那裡管海棠
零落也不問杜鵑驚覺玉漏沉更籌換美人休報暖

翻寒增錦袍醉而醒侑着香醪似陳遵投轄開懷抱不虛誇豈浪嘲

（南）鬧樊樓　聒耳笙歌正喧炒越盤桓情越好射覆藏鬮任呼號不管人間夜迢迢自黃昏直到卯

（北）四門子　賦新詩更請東君校怕倉皇音律錯將熟字兒更生字兒敲喚青衣一時敷演着腔韻又諧板拍又調旋譜入陽春舊稿

（南）耍鮑老　宴集雖多會文最少既相逢休草草簿書暫避公家擾舊期新約主歡娛客落魄

（北）古水仙子　我我我愧草茆喜喜喜玉樹金蘭許

定交。他他他有萬種謙恭。羡羡羡沒半星兒驕傲。感感感更投之以木桃。呀呀竭枯腸怎報瓊瑤。敢敢敢郭汾陽再生　明聖朝。來來來將臺高。只許騷人造。准准准低首拜旌旄。

（南尾聲）　紫泥飛下徵賢詔。遙望入三台九霄。丹鳳騫騰五雲表。

初夏題情

（南南呂梁州序）　西園暮景。南軒初夏。長日端居多暇。陌頭楊柳。陰陰漸可藏鴉。無奈關情。杜宇。惹恨鶬鶊。占定茶蘼架。又早　芭蕉分綠也上窗紗。閑看兒童

捉柳花(合)珠箔捲金鈎掛怪無端一夜東風大花亂
落絮交加
(前腔)瑤臺寂靜畫闌幽雅一樹薔薇低亞鴛鴦兩
兩飛來暖傍晴沙為甚金針閑郄絲綫丟開刺繡都
停罷忽見營巢新燕子語窗紗蝴蝶雙雙入菜花(合)(前)
(前腔)枕痕横臉玉生霞篳烟微麝香消鴨對銀箏
無緒雁行空駕幾度開尋舊譜試學新聲欲演還拋
下絲絲梅子雨潤窗紗無奈少女風前爛熳花(合)(前)
(前腔)對香奩朱粉慵搽臨寶鏡青螺羞畫病懨懨
多半為他瀟洒甚笑鸚哥解語鸚鵡能言把薄倖提

名罵。最憐開遲芍藥滿暎窗紗。落盡春風始見花。（合前）

（節節高）蓮舟戲女娃。露裙軟。蘭橈水濺淩波襪。貪頑耍兩髻丫。雙鬟亞。青青荷葉無多大。折來莫把絲牽掛。（合）翠羽飛來綠葉叢。玉盤欹側瓊珠下。

（前腔）乘陰傍水涯。強歡狎。玉纖漫解鮫綃帕。音書假。辜負咱多嬌姹。歸期暗數垂楊下。而今不信傳來話。（合前）

（餘音）芳時一任東風嫁。對良辰歡情未洽。難道經秋不到家。

集曲名壽史痴

（北南呂一枝花）勸金杯竹葉春。沽美酒瓊花露。集賢賓開壽域。迎仙客下蓬壺。列宴清都。夏初臨逢初度。應天長當月午。石榴花繞檻爭開。翠裙腰登筵謾舞。

（梁州第七）湘子花有紅芍藥。太乙丹貯勝葫蘆。長生道引延生籙。逍遥樂古稀筭考。永團圓具慶歡娛。賀聖朝太平黎庶。感皇恩豐稔時俗。掛玉鈎簾幕高軸。瑞雲濃香篆輕浮。立蒼梧白鶴子澤澤鮮鮮。戲錦葵粉蝶兒攢攢簇簇。占垂楊黃鶯兒喚喚呼呼。六么拍促醉高歌一夥閒人物。駐雲飛振林木。香柳娘樓唇唱鷓鴣。入寶粧梳。

（煞尾）穿窗月色西樓暮風。入松篁暑氣無。燭影搖紅碧紗護天仙子贈圖聖藥王賜福。管情取八百蓋椿歲年足。

秦淮午日泛舟

（北仙呂村里迓鼓）淮水上彩舟無數。正值着太平時序。都一般蘭橈畫槳往來向中流競渡。你看那王孫豪客華筵錦席。誇奢騁富。也有那皓齒歌金杯勸。象板促。敢則是間一派環簫畫鼓。

（元和令）那黃龍按中央戊巳土。那青龍應東方甲乙

木赤龍元是丙丁屬庚辛金龍色素更有那北方壬癸水牙烏貫魚行分部伍

上馬嬌 他任轉旋相抵觸也是他操演太滑熟五方龍雜彩旗分布有競利的徒他每都賽願與祈福

勝葫蘆 更有那座上騷人宮錦服駞放浪少拘束白鷺洲邊重吊古桃根桃葉清歌妙舞樂事想當初

前腔 則見隱隱殘霞水面鋪雙雙的燕子戲平蕪覽勝追歡情未足臨流洗盞傷花展席將他那交友謾招呼

後庭花 看他們寶釵頭挑絳符朱門上懸艾虎翠荷

小盤初展。海榴紅巾半蹙。綠槐影傍庭除。向晚來蘭湯新浴。輕綃薄映膚。喜瑤觴滿泛蒲。北窗詩當再續南薰絃。仍一鼓。

【雙燕兒】只喫的披着襟散着髮。酒重沽。玉山頹玉手扶欵把紅兒悄分付。翠雲屏暑氣無。碧紗厨涼意足。

【青歌兒】扇弄着生綃生綃團素箑展着碧波碧波寒玉新月娟娟。透綺疎。笑倚青奴醉枕珊瑚。香炷金爐。人臥冰壺。待驚烏翻樹。酒醒初。踏影向長廊步。

【賺煞】白髮贈相催。好景休辜負。正值着筵賓月午。謾憶三閭楚大夫嘆離騷九辯誰續混風俗。且自歡

娛虎踞龍蟠壯　帝都粧點出丹青畫圖快活煞風流人物便休題歌舞醉西湖

賞金陵八景

北越調鬪鵪鶉　帝業南都天開上國虎踞龍蟠吳頭楚尾山海來賓車書混一仰　聖功歌　聖德政化流行胡塵一洗

紫花兒序　修復就三王典禮掃蕩了六代浮華粉立起一統洪基山川鞏固殿闕崔嵬雍熙班生賦最宜占斷了江南佳麗說甚麼唐宋中興周漢關西

小桃紅　曉從鍾阜候雲霓掩映扶桑日鬱鬱葱葱

靄佳氣卷舒遲。分明彩鳳朝陽立。須煩太史。占豐紀瑞。有須獻彤墀。

（鬼三台）望百堞排銀雉。正臘雪初開霽。粧點出石城壯偉。一帶素屏圍。聳嶙峋百尺。走銀蛇漫坡伏。又廻偃玉龍遠。岡高又低。這一段暮景蒼茫。堪寫入漁簑畫裡。

（金蕉葉）白鷺洲斜橫燕尾。合抱着中流二水。尋桃葉桃根故跡。空蕩漾春潮數里。

（調笑令）朱雀橋那壁。問烏衣。百姓人家燕子飛。想當年王謝居權貴。到如今事往人非。江山變遷那可

追祇留下淡淡斜暉

（禿廝兒）聽嘹喨風前奏笛。只疑是舊日桓伊。向秦淮試將蘭棹艤。聲宛轉。韻淒淒。烟暝長堤。

（聖藥王）形勝奇。林麓美。另巍巍天印鎮坤維。樵斧息。樵唱起。恁山謳野調總相宜。真趣少人知。

（青山口）鳳臺鳳臺月輪輝。晚雲收秋露洗。鳳凰鳳凰又來儀。値 堯天當 舜日。詩翁逐杖藜。閒人正擣衣。聽那細細微微拂拂霏霏。龍江深夜裡。蓬窗客夢回。天涯鄉信稀。刻燭談棋。剪韭傳杯。遠過瀟湘隹致。小可的西湖更難比。

（隨煞）江南自古繁華地。受用煞花朝月夕。一從八景賦金陵。便覺胸中小彭蠡。

秋景

（南仙呂一封書犯）驚一葉墜井。陡覺新涼夜半生。欹珊枕夢醒。碧紗幮暑氣清。酒面荷香綃袂爽。雲鬟參差釵玉橫。下空庭。露華零。唧唧寒蛩草砌鳴。寒蛩繁。秋露冷。薰香頻換已三更。（合）蕭條意遲暮景這般幽怨幾曾經。

（皂羅袍犯）笑語西樓相應。看穿針乞巧。坐待天明。蛛絲瓜菓謾爭能。寧知巧拙天分定。牽牛織女迢迢兩星銀河一水。悠悠兩情。嫦娥誰與憐孤另。花陰下。
款款行戲拈羅扇打飛螢。（合前）

（勝葫蘆犯）絳蠟秋光冷畫屏。剛吹斷紫鸞笙。怕見梧桐雙瘦影。無端孤月。又在梧桐缺處明。吳山翠楚樹青。天涯望斷幾長亭。（合前）

（安樂神犯）愁人厭聽西風。一片擣練砧聲。試將郎意比浮萍。萍蹤穩似郎心性。欲把寒衣寄無限別離情。遠道誰堪倩。風和雨。不肯晴。紛紛落葉滿江城。（合前）

（尾聲）強支持。懨漸病。晚來閑把小闌凭。自折黃花力不勝。

南寧總戎第夜宴

（北南呂一枝花）詩成奪錦袍花重歛烏帽酒光浮玉掌燭影射金翹珠翠週遭傳內苑新聲妙貯侯門地位同天邊風月分來又花底笙歌會早

（梁州第七）翻白雪尊前麗曲舞回風掌上纖腰洞天深不許凡人到雕梁畫藻粉壁塗椒簾幃低簌香靄輕飄勝蓬萊閬苑逍遙有玉環飛燕嬌嬈可空眼見慣尋常刺史腸難禁懊惱翰林才堪與評跋主賓興好譙樓一任更籌報人半酣燭高照燈火熒煌醉客豪真個是夜夜元宵

（煞尾）金釵墜玉手織東坡詞語分明道錦帳圍羊羔勸太尉家風豈浪嘲。一刻何曾負歡笑。覷浮名意薄。怕公家事擾。似這等舞女歌兒受用到老。

賞中秋

（北商調集賢賓）敞南樓夜深簾半捲。看雲翳淨遥天。人世裡秋光剛半。碧天邊兎魄初圓。共清光萬戶千門。盼佳期動歲經年。立高臺覷天不甚遠。分明的桂影高懸。我這里臨風歌窈窕。把酒對嬋娟。

（逍遥樂）逢時開宴。老子今宵風流不淺。笑聳吟肩。伴粗豪酒聖詩仙。果是今年勝去年。將數曲闌干倚

遍殷勤問月人既多情月豈無言

（醋葫蘆）盈虧在數餘尋常任晦顯一輪兒今夜向尊前聽霓裳羽衣仙韻演大開着廣寒宮殿覔浮槎直犯斗牛邊

（么篇）我笑那謝玄暉吟詠慳庾元規局量匾一個袁宏牛渚便回船若嫦娥肯將人可憐許一個年年來相見又何妨夜夜拚遲眠

（么篇）那洗炎薰露滿衣快襟懷風一翦恰金神戰退了火龍權好良宵秖憑歡笑遣報徹了銅壺銀箭水沉香消盡玉爐烟

〔梧葉兒〕人意滿月光少月明多人事蹇今自個人月兩團圓玉山倒君休計綠醅空衣再典則管裡書留連問甚麽梧桐影轉

〔後庭花〕把瓊觴住又傳將瑤席收更展直喫到樹杪銀河瀉城頭斗柄偏杯爛熳興陶然猛可裡秋聲一片竹瀟瀟曲檻前葉飄飄荒砌邊蛩淒淒的語最便鴈呀呀的聲漸遠

〔青歌兒〕月有意清光普遍人幸得此身康健人有意時月有緣願的是歲歲年年人月依然老子痴顛白髮垂肩睥睨青天呼吸長川坐太乙池蓮駕御冠

雲軒袖拂秋烟手挾飛仙娑羅樹底藥爐邊直要見嫦娥面。

（浪來裡煞）陰晴少定期造化多遷變一年裡能有幾回圓人情暗隨天道轉天若是與人方便儘今生常醉月光前。

賞桂花

（北中呂粉蝶兒）萬斛秋香想靈根產來天上下瑤堦白露生涼玉葳蕤金爛熳滿枝爭放茜紫妖黃花一名種分三樣。

（醉春風）銀漢月華明清秋天氣爽只愁風雨近重

陽及早裡賞賞在曲角闌邊太湖石畔綠陰亭上

【迎仙客】且不索張玳筵列紅粧受西風半教簾幕敞月在天酒在觴對着這瀟洒風光一弄兒詩人況

【紅繡鞋】太白有冲天豪放淵明有傲世清狂花月娛人不能雙采石月無花共彭澤菊帶寒霜愛良宵令勝往

【普天樂】玉闌遮銀屏障遊蜂謾採浪蝶休忙千葩吐異芬四出呈新樣舉酒高歌花相向把花神仔細端詳端的是香清似麝蘭色嬌如金粉品壓盡羣芳

【石榴花】想牡丹聲價重花王可憐春去太匆忙漫

山桃李總尋常。江梅有暗香。冷落在溪傍。想芙蓉幾
樹秋江上。淒涼殺遠水斜陽。值名花在眼身無恙。我
這里痛飲待何妨。

〔鬪鵪鶉〕愛的是細蕋雲稠。喜則喜繁枝翠擁。見如今
露冷天寒。正值着風清月朗。拚着個酩酊花前醉幾
塲。儘教人笑我狂。或是秉燭通宵。或是凭闌半晌。

〔上小樓〕不是我詞華過獎。不是我心情偏向。想起那
好竹王猷。愛蓮周子。採藥劉郎。爭如我對月忘憂。折
桂無心。看花想像。凭清風不教多讓。

〔前腔〕我風味別。興趣長。香惹烏紗。香襲書帷。香沁羅

裳花下閑眠花外徐吟花前凝望受用足淺斟低唱

（滿庭芳）烟滋露養根深蒂固葉茂枝昌廣寒宮闕高千丈覔浮槎怎泝銀潢全不許鶯喧燕攘只疑是鳳翥鸞翔想凡卉多般樣有濃粧艷粧爭如他正色占中央

（十二月）使不着吳剛伎倆用不着韓壽心腸待學賦淮南招隱說甚麼竇氏遺芳正近着秋吟綠窗寫幽情費盡了思量

（堯民歌）這荅兒賽杜陵流水浣花堂勝裴公綠野午橋莊踈英瓚碎月昏黃冷香飄蕩露清涼更長更長

漏轉長坐到斗柄西樓上。

〔耍孩兒〕丹青巧筆難形狀。不似那開花朵三三兩兩。一團清氣暗包藏。倩西風簇就金囊。分來月窟千年秀。奪盡東籬一片香。自一種超凡像。便休提櫻唇點紫。宮額塗黃。

〔四煞〕嫩枝柯含細雨。舊根基培沃壤。歲寒不改長興旺。幽叢未肯依窮谷。仙迹合教貯粉牆。志節真高尚。論交少等。定價難償。

〔三煞〕花憐人似有情。人惜花勞稽顙。淺黃淡白開摹彷。窨攢玉糝連枝巧。斜妥金釵一股長。無語空惆悵難留花事易老韶光。

〔一煞〕未安排賞翫心。先習學栽種方。頻收新蘂歸筐釀。靜陪明月清塵夢。遠逐涼颸入醉鄉。聽畫角聲悲愴。正蛩吟啾唧。烟靄蒼茫。

〔尾煞〕清香自護持。知音誰過訪。夜深時只恐嫦娥降。則聽得環珮珊珊在半空裡響。

秋怨

〔北雙調新水令〕鴛鴦夢斷藕花鄉。畫泥泥水心亭上。柳絲牽舊恨。花纈鬭新粧。立盡斜陽。無語幾惆悵。

〔駐馬聽〕客路修長。一度書來一度想。金風飄蕩。一

番雨過一番涼生前業債甚年償眉尖悶鎖何時放
聽誰家砧韻響一聲聲偏搗在愁心上
〔鴈兒落〕好似那無根蓬欠主張漫天絮閑遊蕩逐波
萍任去留隨風柳多偏向
〔得勝令〕呀空寫下舊事兩三行故紙百十張把些個
謊鬼瞞神誓番做了唆泰騙趙謊害軟了心腸對人
前口強心不強病染膏肓那里是醫良藥不良
〔川撥棹〕一弄兒助凄涼沒來由鬧鬧攘攘兩兩寒螿
草下喈傷也會把離人話講絮聒聒多半晌
〔七弟兄〕他在那遠方異鄉着我費思量且休提動止

渾無恙便些兒破綻有何妨莫輕將美愛都全忘。呀恰恩今還念往。

（梅花酒）問月在西廂待月在東牆對月在南窗匆匆的秋又來。呀迢迢的漏偏長遲遲的夜未央塵蒙了象牙床火冷了玉爐香零落了錦香囊冷淡了舞衣裳金縷也不成腔金雁也不成行。

（收江南）呀為誰消瘦減容光蛾眉空想畫張郎薄情繫馬向垂楊知他在那廂高燒銀燭照紅粧。

（離亭宴煞）枕邊悄語成虛妄從來好事多魔障積攢下恩多怨廣鏡奩兒羞照舊時容袖梢兒不乾今

日淚。裙腰兒減盡前春樣。捱徹了孤辰寡宿年。再整
理殢雨尤雲況。跳出了愁城恨網。將養的比翼羽毛
成。醞釀的並頭花朶。就滋培的連理枝條。旺謾鋪設
翡翠屏。重拂綽鮫綃帳。滿捧着瓊觥玉觴。三秋月儘
情看。四時花隨意賞。

冬景

南南呂梧桐樹　深深繡幕遮。簇簇銀屏列。四壁氍
毹。遍地重裀藉。雕楹轉畫闌。詰曲通臺榭。獸炭紅爐。
翠鼎龍涎爇。一窩攬盡閑風月。

東甌令　殊幽致。不驕奢。與太尉家風分外別。瓊酥

旋點羊羔熱。那里省嚴威冽。美人附耳悄聲說。門外正飛雪。

大聖樂　把珠簾款款低揭。見彤雲迷四野。初疑暮雨梨花謝。又交舞玉蝴蝶。我這里吟髭謾撚吟肩趄。自把寒梅帶笑折。呼童命妾。遣金尊謾倒綺席重設。

解三酲　剛纔聽鳳笙吹徹。早象板銀箏又打迭。行雲繚繞歌喉咽。正纏頭舞錦橫斜。我則見香風滿座飄蘭麝。更那堪翠袖金釵掩映者。誰會問燭花銷鳳杯影吞蛇。

餘音　太平年歡娛夜。主豪賓勝兩奇絕。金谷梁園

明刻坐隱先生精訂陳大聲樂府全集

也讓些兒。

冬景題情

南南呂梧桐樹　漫漫瑞雪鋪。密密彤雲布。兩兩漁簑粧點江天暮。慚無謝女才空想梁園賦。學弄梅粧。又恐天孫妬。無言半晌深扃戶。

北罵玉郎　白鷴皓鶴失鮮素。雲鬖鬖雪模糊。攔截遊子歸來路。平埋了折柳亭。橫遮斷嘶馬橋。緊凍合停橈渡。

南東甌令　思前事。想當初。有箇人兒對擁爐。雲屏霧障重重護。却易把流年度。如今人去影兒孤。教我怎支吾。

【北感皇恩】香盡金鳧水冷氷壺空閑了繡氍毹闌珊了金鍱鋏零落了錦流蘇愁腸曲折夢境糊突想着他千般咒百歲盟半星無。

【南浣溪沙】風月招因緣簿到如今一筆皆塗痴心倩女成躭誤薄倖相如下狠毒心正苦見兩個飛禽見惱人也來相喚相呼。

【北採茶歌】拈彩筆手生踈寫不就雪蕉圖把這病容愁臉細臨摹寄到君前君一覩崔徽不是舊規模

【南尾聲】晚來時添淒楚茫茫飛雪遍江湖正是夫

戍蕭關妾在吳。

冬暮題情

南雙調黑麻序　點檢梅花。見南枝春信漏洩今宵。雪模糊可堪半壓寒稍依稀。暗香動且浮。踈英嫩又嬌。正無聊着意看時却又被花相惱。

前腔　淸曉眉黛慵描。整殘粧無語向花微笑。惜花人此時音問寥寥。凭闌。天寒縞袂薄。風輕繡帶飄。自今朝。一捻腰圍。却寬掩翠裙多少。

忒忒令　任雪花梅英鬬巧。憔悴人暗傷懷抱。此情若使天知道。離恨比天更高。果然是天知道。和天也瘦了。

(五供養)青山頓老。誰收拾滿地瓊瑤蒼茫冬暮景舉目正蕭條。笑我因花起早。聽滿耳靈禽喧噪不報些兒喜惹。煎熬。北風吹面利如刀。

(好姐姐)一交。黃昏靜悄。孤另另銀釭相照。把燈兒慢挑和衣剛睡着。誰驚覺聲寒指冷難成調。偷弄飛瓊碧玉簫。

(川撥棹)難猜料。自來這讀書人心性喬。早犯上金屋嬌姿頓忘了。臨邛故交。漢相如恩愛薄。卓文君緣分少。

錦衣香　闌珊了錦字詩。差錯了瑤琴操。釵分了交股金。帶折了連環套。鳳凰簪鐷鋏玲瓏。那得堅牢。桃花源上不通潮。傷心總是雨葉風條。連枝樹近來也生成恨種愁苗。魚鴈無消耗。水濶山高。紅絲繫足。誰把并刀雙攪。

漿水令　不索將蒼穹禱告。一任他傷人戲嘲。名香夜夜對天燒。幽情未訴。意攘心勞。從前事都忘却。只求眼下他來到。鴛鴦被鴛鴦被重薰麝腦。銷金帳銷金帳慢飲羊羔。

餘音　愁容等的生歡笑。說甚暮冬天道。番成月夜花朝。

冬怨

（北黃鐘醉花陰）今歲江梅試花早。一夜裡南枝遍了。舒玉手捲珠箔。恰待看花。又恐花神笑。人瘦損楚宮腰。花比離人容易老。

（喜遷鶯）減花容月貌。平空的兩日三朝。煎熬。眉尖額角。蛾綠宮黃懶去描。好梳粧都罷却。見不的鴛鴦枕冷。覷不的翡翠衾薄。

（出隊子）聽紅兒來報。有青山頭白了。瓊珠滾滾樹頭拋。蝶翅翩翩檻外飄。柳絮漫漫風內攪。

【前腔】讓豪家歡樂擁紅爐圍暖閣十分金盞勸羊羔八面金屏護錦貂三足金爐煨麝腦

【刮地風】他每都喝雉呼盧胡做作賣弄他一味粗豪繡氍毹低簌芙蓉幕四下裡銀燭高燒俊嬌嬈把玉笙雙抱美娉婷把錦箏斜靠吹的吹彈的彈滿堂喧鬧試龍團烹鳳爪喚家僮旋掃瓊瑤勸酬頻觥斝從顛倒呀敢醉醺醺生怕曉

【四門子】孤眠人況味誰知道小房櫳偏靜悄淚顆來彈燈燼來挑捱長更好生難打熬歲月又長山水又遙直這般離多會少

（古水仙子）昏昏昏恰睡着。聽聽聽是誰把深深繡戶敲我我我索自驚疑他他他登時來到。將將將那牕空言都告繳。喜喜喜再成合鳳友鸞交。悠悠悠戀高唐楚雲剛縹緲。呀呀呀潑雞聲好夢來驚覺。看看看金鴨内篆烟消、（尾聲）梅雪淸香總奇妙。惜花人自無聊。年年到恁時常病倒。

題情

（南商調鶯啼序）孤幃一點殘燈。見半滅猶明夜迢迢斗帳寒生。展轉幽夢難成。盼雕鞍把歸期細數。褽浪跡全然不定。把前歡自省。說來的話兒無憑。

（黄鶯兒）無語對銀屏。正樵樓鼓二更。梅花笑殺人孤另。疎鐘幾聲。殘角數聲。薄衾單枕愁難聽。影伶仃。嵒嵒瘦骨。離恨教我怎支撑。

（集賢賓）揶揄鬼病誰慣經。但舉步難行。翠鈿金釵無意整。好梳粧一日何曾。心懸意耿。自古道佳人薄命。凄涼景。盼不到美滿前程。

（鬬雙雞）芙蓉面芙蓉面淚痕暗凝。楊花性楊花性別離太輕。自是東君薄倖。一樹紅芳誰管領。浪蝶狂蜂。休得要鬬爭。

（簇御林）天涯路長短亭。悠王孫芳草青。晝長羞把闌干凭。幾遍將鱗鴻倩。訴衷情。千言萬語。猶恐欠丁寧。

（琥珀猫兒墜）野花村酒。他那里醉還醒。冷落誰憐冬、暮景。奴躭寂寞。你飄零。難憑。頓忘了神前海誓山盟。

（餘音）風流惹下風流病。只索把那人痴等。他無有真誠我須辨着志誠。

題冬、景

（南南呂一封書犯）朔風勁透幕。布被嚴寒曉漸加。

彤雲布四匝玉琮琤鳴萬瓦幾點沾衣輕忽舉成陣漫天横又斜遍天涯淨無瑕頃刻園林盡試花銀葩亂玉蕋雜素鸞白鶴舞交加（合）門深閉杯笑把肯將樂事讓豪家

（皂羅袍犯）柳絮才高誰和倚西樓日晚野興偏多漁翁獨釣擁寒簑于山那有飛禽過未知來歲麥熟幾何問渠農事遺蝗有麽宜時且把豐年賀醒而醉一任我絕勝錦帳宴笙歌（合前）

（大河蟹犯）狂解鷫裘付酒家酒盡後喚重賒滿地瓊瑤未經掃莫教踏碎石鼎呼僮設煎茶氷誰剪鹽

亂撒銀杯逐馬帶隨車〔合前〕

樂安神犯

凍驢須跨南枝梅信泄漏年華溪橋村路景偏佳豈惟江上堪圖畫散漫飄僧舍詩句韻無差遠密把歌樓洒凝眸處多半雲要光搖銀海眩生花〔合前〕

餘音

日高時尤僵臥閑中歲月暗消磨寄語高軒莫見過

小令

九日

北水仙子帶過折桂令

西池纔見翠荷殘南浦初

聞白雁遥東籬又喜黃花綻問登高何太晚被無情雨阻風攔雨洗的秋容淡風吹的人意懶便追遊不索去龍山○便追遊不索去龍山簾幙低垂門戶重關名利渾忘清閑自守故舊相看芻醽酴頻傾玉盞燃茱萸咲倚雕闌節序循環世事艱難便做道百歲人生能有得幾度開顏

暮春志感

北脫布衫帶過小梁州　問城南花事如何歎尊前故舊消磨鞦韆院垂楊靜鎖管絃樓小桃零落○九十韶華夢裡過即漸蹉跎峭寒猶自戀輕羅東風大

三月未融和○無聊靜掩空齋坐強支持酒病詩魔燕子慵鶯兒惰海棠開過春事已無多

閑情 二首

【北醉太平】塵蒙象管香冷雕盤玉簫聲歇怨孤鸞怪陽臺夢短撲蝴蝶撲得芳心亂看鴛鴦看得柔腸斷聽流鶯聽得黛眉攢別離情萬般

天連倦眼路阻雕鞍小樓高處望長安倚闌干到晚口樽的紈扇圈兒綻手搓的金鈿花兒爛淚彈的紅錦帕兒斑恨薄情未還

上元漫興

北水仙子 朱闌深護小房櫳。一片笙歌花外擁。寒威不到梨雲洞。喜盤桓清夜永。想人生好景難逢。新酒盈缸。綠春燈照座。紅怕是麽雨雨風風。

四時閨怨

北蟾宮 瘦伶仃減盡腰圍。寬一捎羅衣。褪一捎羅衣。舊巢寒燕子初歸。開一扇朱扉。掩一扇朱扉。愚昏昏情默默聽。一聲鳥啼。怪一聲鳥啼。雨零零風細細見。一片花飛。怕一片花飛。轉頭來綠暗紅稀。惜一霎芳菲。怨一霎芳菲。

小池塘細漾清漣。開一簇紅蓮。謝一簇紅蓮。午陰濃嘉樹青圓噪一片風蟬咽一片風蟬話見長字見短。
寫一行彩箋算一行彩箋路見遙人見遠。擲一會金
錢問一會金錢翠爐中頻炷沉烟覺一日如年度一
日如年。
鎖梧桐細雨重門經一度黃昏怕一度黃昏楚天遙
過鴈聲頻望一段行雲化一段行雲信見虛音見少。
勞一番夢寬空一番夢寬被見單枕見冷。揾一半啼
痕漬一半啼痕倩連環織錦廻文通一個殷勤寄一
個殷勤。
戀孤衾曉夢初醒報一處雞聲唱一處雞聲響銅壺

玉漏琮琤數。一刻殘更捱。一刻殘更景淒淒寒凜凜。添。一團畫屏列。一團畫屏影蕭蕭光閃閃羞。一點殘燈對。一點殘燈調梅花角動江城吹。一曲離情訴。一曲離情。

寄情

（南黃鶯兒）費殺小心兒病懨懨都爲爾書兒信兒明傳示你若還有詩。我定然有詞。叮嚀莫忘王魁事。細尋思。爲休書一紙大鬧了海神祠。

四時閨怨

（南金落索）東風轉歲華。院院燒燈罷。陌上清明細

雨紛紛下天涯蕩子心盡思家只見人歸不見他合
歡未久難拋捨追悔從前一念差傷情處懨懨獨坐
小窗紗只見片片桃花陣陣楊花飛過鞦韆架
楊花亂滾綿蕉葉初學扇翠蓋紅衣出水蓮新現燒
殘金鴨內水沉烟睡起紗厨雲鬢偏無端好夢誰驚
破花外鶯聲柳外蟬羞臨鏡千愁萬恨對誰言只見
舊恨眉邊新淚腮邊界破殘粧面
閑堦細雨收翠幕新涼透衰柳殘荷正值愁時候近
來都減却舊風流爭奈新愁接舊愁白雲望斷天涯
遠人在天涯欲盡頭相思病無明徹夜幾時休只見

鴈過南樓人倚西樓人比黃花瘦
銀臺絳蠟籠翠幄金鈎控錦帳紅爐獨自無人共月
明纔轉過小房櫳不放清光照病容愁聽畫角聲三
弄吹落梅花一夜風關山遠魚沉鴈杳信難通孤眠
人最怕隆冬又值嚴冬做不就鴛鴦夢

青樓十詠

初見

（北醋葫蘆）會陽臺雲雨濃濕羅衣風露冷怨青鸞
黃犬又無憑乍相逢只疑虛夢境半晌價度量不定
把銀缸仔細照分明

小酌

前腔 喚銀瓶滿注漿勸金杯休放淺。盡歡娛不索苦俄延。敘情的話兒權告免。有一日滿足心願那時節重列綺羅筵。

沐浴

前腔 水晶簾半上鈎。芙蓉屏都放厰。温泉淨洗粉脂香。暑全消自然肌骨爽。坐近藕花池上。不搖紈扇自清涼。

納涼

前腔 挹荷香坐水亭。愛桐陰臨露井。戲拈羅扇打

飛螢。翠爐中自焚黃串餅。喜孜孜玉肩相並。望銀河
笑指問雙星。

臨床

【前腔】卸合歡玉燕釵。解同心金鳳紐。窄弓弓羅襪
褪雙鈎。背銀燈半遮樊素口。言語兒半推半就。殢人
情特地撒嬌羞。

並枕

【前腔】傍香肩搵粉腮。貼酥胸交玉股。繡鴛鴦春暖
勝珊瑚。得同衾此生多分福。卻正是良宵易度。儘遲
遲更漏響銅壺。

交歡

前腔　笑喑喑蹇黛眉。喘吁吁推繡枕。殢幽歡悞落鳳釵金。漾回文浪翻鴛被錦。一合兒雨雲情甚。覺梨花春夜恐難禁。

言盟

前腔　巧舌頭枉自甜。浪青絲不索剪。辦名香一炷對蒼天。金石情百年圖久遠。有一個意別心變。遊魂兒直告到海神前。

曉起

前腔　冷金爐蘭麝香。轉紗廚明月影。韻悠悠畫角

送殘更待披衣又延多半頃宜怪這使兒催併早花
稍紅日上窗櫺

送別

前腔 浪姻緣一霎休惡相思何日止料此時相見
又何時寄平安不須天樣紙休寫這別離兩字叙些
兒恩愛好言辭

閑情 七首

北小桃紅 小溪泛盡却山行去去多詩興瘦馬輕
衫頗相稱雨初晴逶迤綠野連芳逕桑陰柘影村閑
人靜啼鳥兩三聲

兩山排闥送青來。人在青山外。且自看山了詩債。厭
塵埃。何時得解金魚帶。買田問宅。遠臨溪瀨。築個釣
魚臺。
點溪荷葉疊青錢。蠶事家家遍。村舍薰風戲雛燕。梟
吟鞭。青泉白石相留戀。朝衣典。山翁相見。說會太
平年。
家家扶得醉人歸。村酒村翁醉。桑柘斜陽滿牛背。傍
柴扉。汪汪一犬迎人吠。詩中畫裏。倩誰寫意。千古憶
王維。
一行白鷺上青天。新水平湖面。望水尋山頓忘倦。不

添錢綠醅價少溪魚賤詩人量淺村翁頻勸醉藉午陰眠。

新篁搖綠兩三梢流水柴門抱十里青山帶殘照晚鐘敲蒼苔逕路人稀到老僧意好相逢一咲送過虎溪橋。

竹林深隱地仙居人在山深處門逕蕭然自成趣旁堦除鶴羣長繞三珠樹松堂一雨片雲飛去月照案頭書。

寄妓

南駐馬聽

一首新詩寄與梨園女教師不着疼熱

瘖使機關。枉費言詞。大拚告到海神祠。海神難管恩情事。子細尋思。王魁與我不相似。

怨別 十三首

〔南風入松〕想才郎心性似楊花。虛飄飄難挨難拿。鞦韆院落荼蘼架。到處裏隨風落下。沾不穩銀屏繡榻。又一片入誰家。

想才郎心性似游絲。慣牽纏浪蕋狂枝。春蠶口裏渾不似。織不得回文錦字。休道是全無定止。終有個傷人時。

想才郎心性似風箏。盼不到萬里鵬程。一絲手內牢牽定虛空裡安身立命。一去了何曾見影。身更比羽毛輕。

想才郎心性似浮萍。那里也土長根生。東流西蕩何曾定。隨風浪一般水性。常伴着殘英斷梗。無半點是眞誠。

想才郎一去了許多時。誰知他節外生枝。書來止說功名事。不道着恩情兩字。本待要尋活覔死。怕落下歹名兒。

想才郎一去了半年餘。那里曾寄紙音書。薄情下得抛人去。擎着淚畱他不住。他若是爲官中舉。我先准備七香車。

想才郎一去了不回來。闌干上畫損金釵。爲他消瘦因他害。怎教我痴心寧耐。休道是一年半載。三五日早難捱。

想才郎一去了杳無憑。早忘了海誓山盟。說來話兒全不應。誰似你辜恩薄倖。對神前提着小名。才罵了又心疼。

想當初張珙爲功名。普救寺裏撞見箇鶯鶯。魂兒夢兒相纏定。兩下裏懨懨成病。我更比鶯鶯有情。尋不着俏張生。

漢相如原是有情人。正遇着個新寡文君。琴聲引得心兒順。獨駕起香車私遊。我賽過文君幾分。爭下得便忘恩。

販茶船賺了小蘇卿。那里也發付雙生。金山寺裏畱名姓。重配了臨川縣令。我更比蘇卿志誠。郎心性似浮萍。

李亞仙跟定鄭元和。把家私即漸消磨。卑田院裏躭饑餓。這緣分非同小可。我爲你恩多怨多。直恁般太情薄。

憶巫山神女會高堂。一番價夢境難忘。朝雲暮雨陽臺上宋玉賦空勞想像比神女咱多念想他不似楚襄王。

風情 四首

南駐雲飛 燭影搖紅翠袖殷勤捧玉鐘淺笑蛾眉縱歛步湘裙動嗏惱亂杜司空醉眼朦朧一曲清歌誤把行雲送猶恐相逢是夢中。

薄分劉晨一別天台隔世塵花月追風韻氷玉思清潤嗏春夢了無痕早是傷神流水桃花還向溪頭問不見當時勸酒人。

舊日張郎曾記眉兒畫短長得見風流樣問甚別離

況嗏纖手捧霞觴滿勸瓊漿人自當壚何用金貂當
爛醉佳人錦瑟傷
皓齒纖腰寶髻宜簪白燕高細把銀燈照不管春雞
報嗏何處教吹簫再見今宵縱有千金難買傾城笑
金屋粧成貯阿嬌

香閨八詠

眉黛顰蹙

（北滿庭芳）嬌容中酒春山凝翠新月含羞綠窗睡
起紅綃皺心事悠悠傷粧臺空勞玉手對西山懶上
珠樓雙蛾鬬傷離病久風雨替花愁

月奩勻面

前腔　嬌容濟楚粉腮濃淡花臉消踈一泓秋水歡相聚難畫難圖訴離情那堪並語任傷心不敢長吁關心處青鸞對舞腸斷影兒孤

翠袖啼痕

前腔　綠窗睡起愁嫌夢短恨怪春遲燕鶯聲不管人憔悴悮了佳期襟領前紅香潤濕粉腮邊斑點塵迷關心淚終宵暗滴恐怕外人知

芳塵春跡

前腔　剛剛半扎盈盈羅襪淺淺金沙等閑立在西

廂下。欵欵輕踏。弓鞋窄尖尖笋芽。鳳頭蹴步步蓮花。些娘大。十分俊雅。不許外人誇。

繡床凝思

（前腔）停針半晌慵拈彩線。倦倚紗窗吐絨幾縷添愁。況猶。帶紅香。刺不就雙飛鳳凰。繡不成並宿鴛鴦。空遥望。低頭暗想。何處也畫眉郎。

雲窗秋夢

（前腔）驚回夢殘。喚覺酒醒。聒得心煩。叮嚀響處流風散明月。斷山是何處濯衣。向晚聽誰家搗練催寒。長吁嘆。愁。併恨攢。夫婿幾時還。

金錢卜遠

【前腔】不聞動止懷君甚矣遊子何之對神明暗覷心中事切切思思曾約定佳期在此又過了風雨花時無書至惜花箋半紙莫不爻變了那人兒

水盆沐髮

【前腔】貂蟬鬟妥溫溫沅水漾漾清波蘭膏洗淨新涼和丰韻偏多喜孜孜眉顰翠蛾笑嗗嗗髻挽青螺香風過鳥雲一朶鏡兒裡見嫦娥

風情 四首

【北一半兒】懷兒中摑惜費溫存燈兒下觀瞻越可

人床見前央及到半時辰笑忻忻一半見推辭一半見肯。

纖腰恰褪繡羅裙寶髻斜堆玉枕雲粉腮春透熱氤氳汗津津一半見佯羞一半見親。

俏心腸端的性難拿冷句兒將人僁落煞盟山誓海口熟滑俏冤家一半見眞誠一半見假。

不禁春色眼兒涎不慣行雲猶氣喘金釵斜墜髩雲邊鏡臺前一半見鬆鬆一半見偏。

中秋 四首

北水仙子 尋常三五一般圓此夜清光分外妍白

頭又見嫦娥卻是今生緣不淺月徘徊人正無眠滿
滿的金杯勸徐徐的凉影轉要相逢又是明年
一輪海上鏡新磨百步庭中光正可緑烟却被風吹
破廣寒宮門不鎖捲珠簾試問嫦娥人老也長看月
月圓時偏照我月和人那個情多
霓裳人聽一聲歌玉斧誰修七寶盒還丹兎擣千年
藥三般兒事若何分明的影動山河張華誌休評論
盧仝詩權架閣愛的是陰少晴多
初離海角水晶丸乍到天心白玉盤嫦娥欲與幽人
伴去遲遲來欵欵喜今宵人月團圞分大地秋一半

可中庭光占滿廣寒宮是有多寬

閨情別意 四首

北水仙子

月明閑照小紅樓低簌珠簾不上鈎帶圍寬陡恁腰肢瘦為多嬌憶舊遊自相別減盡風流對美景難消悶飲香醪怎解愁下眉頭又上心頭

月明閑照小亭軒斜倚闌干懶去眠對嫦娥欲訴心中怨撫瑤琴意慘然略相別又早十年鸞影隻恩情斷鴈聲孤音信遠過青春甚日團圓

月明閑照小簾櫳冷落了巫山十二峰朝雲暮雨成何用嘆鴛鴦錦被空閒別來水遠山重消寶篆金爐

火鬪秋蟾鐵馬風。料今宵好夢誰同。月明閑照小窗紗。爲憶多情夢見他。俊龐兒越恁堪。描畫笑吟吟閑戲耍。褪羅裙恰待歡洽。剛說罷心同事。猛驚回簷外馬。覺來時依舊天涯。

環翠堂精訂陳大聲月香亭稿

高士里藏板

全一

坐隱先生

坐隱先生精訂月香亭稿目錄

太乙峰頭玉井蓮　爲妓白蓮賦

南商調山坡羊

風兒踈喇喇吹動　題情

南中呂泣顔回

天氣煖如春　冬景

小令

北水仙子帶過折桂令

閨怨四首　題情

北水仙子

詠六樣人家　中秋

精訂月香亭稿[illegible]目錄

風情　三首

北河西六娘子

麗情　六首

坐隱先生精訂月香亭稿

新都環翠堂藏板

套數

元夜

（北黄鍾醉花陰）雨順風調萬民喜元夜好皇都第一。烟靄淡漏聲遲。十二天街明皎皎如白日。樓上下路東西。把萬盞花燈高掛起。

（南畫眉序）珠掩暎翠遮圍。火樹星橋數十里。喜金吾不禁。鼓吹聲齊。賀堯年五穀豐登。慶上苑新正佳麗。可知共樂清平世。良辰媚景相宜。

（北喜遷鶯）值堯天新霽。剔團圞月漾玻璃，交輝冰
壺表裏月色燈光望眼迷。端的是難下筆。一壁廂王
孫歡笑。一壁廂士女爭馳。
（南畫眉序）同歡賞共追陪。月底星前恣游戲。看鰲
山深夜。萬象低垂。綺羅叢風月無邊。蓬萊境仙凡何
異。可知共樂清平世。良辰媚景相宜。
（北出隊子）社火每衣冠新製。燈影下喬軀老人未
識。粧一箇姜子牙大雪釣磻溪。吊一箇杜子美騎驢
醉瀼西。扮一箇蘇子瞻乘舟游赤壁。
（南神仗兒）蹌蹌濟濟。塞巷填街。游人似蟻。更有百

工技藝貧郎兒堆堆積積萬人叢裏層樓結勢巍巍香靄散影霏霏

〔北刮地風〕密匝匝竹竿高百尺花燈兒委實稀奇梅花燈朶朶含春意雪花燈舞態高低一樸樸錦雲飄墜一片片綵霞零碎鳳噴烟麟吐火滿城佳氣燭乾坤照四極動仙音絲竹金石早梅香撲面東風細呀敢喜暘和即漸回

〔南耍鮑老〕買咲追歡樂無比唱紅兒鬭綠蟻銀箭銅龍謾相催拚取今宵醉如泥儘留連明月底

〔北四門子〕好風光快殺游人意夜將闌人未歸河

漢又傾斗柄又移只走到鳳城雞亂啼月色兒沉燈影兒稀四下裡笙歌未息

【南雙鬬雞】四時雖佳上元最美百年人能有幾番約須還擬來朝相會把花燈再看起

【北古水仙子】呀呀呀費品題看看看燈火煇煌滿帝畿是是是一統山河喜喜喜萬年祥瑞他他他衆元公能爕理見見見卿雲呈彩鳳來儀敢敢敢見如今四方無戰敵有有有老人星隱隱遥天際我我我鼓舞樂雍熙

【南尾聲】何幸臣民值今日好風光相賞休違太平

人一齊歌　聖德。

題情

（北雙調行香子）朝也相思。暮也相思。這相思。了在何時。行也嗟咨。坐也嗟咨。怕看花。羞對酒。倦談詩。

（夜行船）覽鏡驚容鬓有絲。消盡往日丰姿。冷雨秋蛩。酸風梧葉。攛斷起滿腔離思。

（慶宣和）倚遍闌干候鴈兒。撚斷吟髭。不見佳音半緘至。盼殺盼殺。

（錦上花）鴈帖魚牋。姻緣故紙。淚眼愁眉。離人樣子。海誓山盟。徒成廢弛。雨跡雲蹤。全無定止。

（前腔）眉檐一擔愁心印幾多事宋玉情懷沈約腰肢半世清白那曾受私近日淒涼分明爲爾

（攙不斷）試尋思久參差擔閣跨鳳乗鸞志收斂尨雲殢雨詞呫提弄粉摶香事對西風暗傷獨自

（離亭宴煞）我飽文章頗解勤經史你善吹彈更喜能針指相抛許時空落下些斷腸篇合歡錦廻文字昨夜書明傳示寫道相逢在邇他既不悔真誠我須當盡終始

題情

（北南呂一枝花）瘦身軀難打捱美恩愛多艱阻好

功名都拚捨閑雲雨盡蕭疎情興椰榆俺這里冷落似宋玉悲秋賦你那里淒涼如昭君出塞圖想殺人也可意姻緣盻殺人也知音伴侶

〔梁州第七〕只落得鶯猜燕妬枉擔閣鳳隻鸞孤論聰明不是個閑人物妖嬈體態穩重規模席前打令燈下攜蒲實指望好恩情久遠如初誰承望阻天涯信遠音疎爲別離一更更斷夢勞魂想別離一陣陣牽腸割腹怕別離一番番截鐙埋軸淒淒楚楚怕的是畫船兒開往江心去空作念枉回顧抵多少嬌馬春風出帝都千里程途

煞尾俺這里幾番人去曾分付恁那里數載音書一紙無知他那着疼熱心腸可相顧但得你相逢呵分福相見呵病除得歡會平生願心足

秦淮漁隱

北南呂一枝花 不沽朝野名自得烟波分斜風新篛笠細雨舊絲綸志訪玄眞家與秦淮近清時容釣隱相看着綠水悠悠囘避了紅塵滾滾

梁州第七 結交些魚蝦伴侶搭識上鷗鷺親隣忘機怕與兒曹混尋了些六朝往事吊了些千古英魂悲了些陳宮禾黍嘆了些梁殿荆榛本是箇虛飄飄

天地閒人樂淘淘江漢逸民有時鳴榔近白鷺洲咲采青蘋有時推篷向朱雀橋閒看晚雲有時灣船在烏衣巷獨步斜曛有時滿身衣襟蕭然爽透荷香潤旋折來柳條嫩穿得鮮鮮出網鱗歸去黃昏

罵玉郎

一篝燈下剪佳醞身趔趄醉醺醺高歌細和滄浪韻全不受利名拘那里將興亡記把是麽榮枯問

感皇恩

守着這蕭索江濱冷淡柴門凉露濕簑衣清風生酒甞明月照盤餐樵夫野叟相近相親昨夜離石頭城今朝在桃葉渡明日又杏花村

〔採茶歌〕山妻也最甘貧，稚子也頗通文，無憂無慮度朝昏。但得年年生意好，武陵何用訪秦人。

〔煞尾〕茫茫烟水無窮盡，泛泛萍踪少定根。爲甚生平怕求進。想王侯大勛，搏漁樵一哂。爭似我一葉江湖釣船穩。

春日即事

〔北南呂一枝花〕草堂外嵐光映日妍，粉墻邊梅萼衝寒謝。小沼上綠波隨雨漲，畫闌前新柳受風斜。春意奇絶，老眼偏歡悅。閑情且打疊，散床頭有限黃金，怕鏡裡無情

〔梁州第七〕裁灑酒籠頭紗幘製踏青可脚烏靴與知音三五詞林社趕羣洒落異衆豪傑厭談名利不尚驕奢喜的是一村村徑路曲折愛的是一程程風景全別買花錢滴溜溜杖上挑着沽酒店鬧炒炒橋邊問也載詩囊脹膨膨驢背上馱者看了他這些那些翠屏錦障參差列尋踈籬覓茆舍隨定狂蜂與浪蝶任意蹊涉

〔煞尾〕醉依芳草須拚藉咲對青山不忍的別殘角江樓正鳴咽却又早鴉歸古堞烟迷綠野堪付與老手王維畫圖中寫

有所贈

北南呂一枝花　一個擬秋娘共品題。一個較張珙爭高下。一個並薛濤尤艷麗。一個比宋玉更清俊。試聽俺判柳評花。一個論厚重多聲價。一個數溫柔絕點瑕。一個平分福儘坐的香車。一個仗家勢堪乘着駿馬。

梁州第七　一個有賦長門胸中詞藻。一個有泣江州座上琵琶。郎才女貌人驚詫。一個雲鬟翠袖。一個角帶烏紗。一個錦心繡腹。一個利齒伶牙。可知道柳耆卿恣意兒嗟呀。蘇子瞻滿口兒矜誇。都不曾弄聰明謊鬼瞞神。那里肯假志誠撚香剪髮。更休提虛追陪浪酒閑茶恩洽。愛嘉並香肩。一對兒堪圖畫情相投意相掛。百事過從。幾曾有一事兒差那世裡的冤家。

煞尾　對楸枰聽夜雨歡娛不覺殘銀蠟。捧瑶觴邀皓月酩酊重教泛紫霞。見如今池館南風正清夏。謊垂楊淨露華。賞紅蓼絢錦葩。倩着這半幅鸞箋把他來賣弄煞。

為妓陳卿雲賦

北南呂一枝花　包含着世外情。醞釀就樽前俏。試玲瓏能變化。多溫潤不虛囂。一朶兒手標出沒應難

料形踪未可招有時節伴銀蟾楊柳樓心有時節籠
曉日芙蓉殿角

(梁州第七)傍綠窗遮護了些嬌鶯乳燕襯雕盤暎
帶了些舞袖纖腰擅梨園五彩誇榮耀憎春烟冷淡
咲暮靄輕薄賽晴霞燦爛比香霧清高蘇子瞻助起
評跋杜樊川惹動風騷常則是近蓬萊郁郁葱葱那
里也迷遠樹冥冥杳杳又不會戀巫山暮暮朝朝我
這里想着念着有千金小可難期約那風流那輕妙
龐得個無點汚的名兒分外標是何年飛下青霄

(煞尾)砌龍鱗張鳳翼朱闌碧瓦高低罩靄祥光摶

瑞氣錦幃銀屏遠近飄。霎時間一陣天風送來到喜的是聚着。怕的是散了。則待要手掌上奇擎看一個飽。

閑述

北南呂一枝花　清風臥榻孤。細雨吟檠短。蘭香螭鼎小。水墨畫屏攢。佳致多般。花木供閑玩詩書得靜觀。焦尾琴玉軫朱絃。金星硯花箋象管。

梁州第七　相對着眼前佳趣。渾忘了身外微官。湖山左側雕闌畔。逢時取樂。對景追歡。恣情放浪任意盤桓。漲春池新水漫漫。滴晴堦曉露溥溥。注金瓶酒瀉瓊漿。浮雲葉茶香碧碗。碎銀絲鱠縷雕盤。地幽興滿喧譁較遠。紅塵斷儘年光暗中換。一笑掀髯天地寬。痛飲須拚。

（煞尾）竹交梅友松為伴。心廣形舒體更胖。高臥誰人敢驚喚。常則是與儒衣散冠。步前村後疃。一任他興廢榮枯盡不管。

春日詠蝶

（北仙呂八聲甘州）春光艷陽。正人意恓惶。花柳濃粧。西園堪賞。步莎茵喜聽笙簧。桃花爛熳遊客醉。院宇深沉春晝長。見幾個粉蝶兒巧筆難粧。

混江龍一個不離朱幌。一個舞東風上下顛狂。一個戀餐花蕋。一個暎日尋芳。一個楊柳梢頭吸曉露。一個杏花枝上採清香。一個舞翩翩旋轉下雕闌。一個抹薔薇困歇在湖山上。一個迎風竹徑。一個戲水池塘。

醉扶歸一個褪盡風流像。一個逐定買花郎。一個又被頑童諕的慌。一個在花下偷睛望。一個搧粉翅來尋伴當。一個綠楊枝上見黃鶯不敢輕狂。

後庭花煞一個戀名園桃杏芳。一個怕晚天庭院涼。一個曾入莊周夢。一個春風花草香。一個不成雙輕

輕把翅兒展放猛翻身飛過宋家莊

夏日秦淮遊賞

（北黃鍾醉花陰）深淺荷花二三里彷彿似王維畫裡涼雨過晚風微小舫輕移來往垂楊底好風景喜追陪萬斛塵襟皆蕩洗

（喜遷鶯）人生佳會與詞林三五相知忘機盡都是儒冠布衣睥睨乾坤更許誰解詩書語義禮一會價藏鬮賭令一會價射覆分題

（出隊子）五陵豪氣咲談間出衆奇一個個子瞻文藻許相齊一個個司馬才華可並推一個個杜牧踈

狂堪共比。

〔前腔〕東吳佳麗水雲鄉事事宜。數行沙鳥傍人飛。幾點征帆帶雨歸。一片漁歌花外起。

〔刮地風〕多少興亡殘照裡。鎖蒼烟禾黍高低。慨淒涼自古繁華地。物換星移。一處處古臺幽砌。一簇簇野花荒蘼。梁家爭晉家霸你興我廢。從前事不索提。笑呵呵且自斷杯。倚篷窗遠望無纖翳。山水遶皇都圍故國。

〔四門子〕列金釵十二雲鬟立。綺羅交珠翠圍。金縷又歌象板又催。樂淘淘盡拚沉醉。歸錦瑟又彈。鳳管又吹一弄兒歌聲潤美。

〔古水仙子〕將將將日墜西。見見見翻雪浪驚濤拍岸回。紛紛紛宿鳥飛還。閃閃閃殘霞飄墜。呀呀呀兩三家半掩扉。喜喜喜盡開懷展放雙眉。來來來趁南薰暫將蘭棹艤。璫璫璫送黃昏遠寺鐘聲碎。看看看燈火見依稀。

〔尾聲〕載酒重來是何日。重來時切莫相違。常言道閑處光陰能有幾。

秋日寫懷

〔北雙調夜行船〕席上催花送酒籌。盡拚爛醉金甌。

紈扇生風，單衣無暑，藕花池晚涼時候。

〔風入松〕兩輪日月不停留，卽漸鬓絲秋，人生何苦雙眉皺，故園回首興愁，卞相祠前荊棘，梁王塚上松楸。

〔喬牌兒〕繁華事已休，山水鎮依舊，浮雲榮辱都參透，因此上且收頭牢袖手。

〔甜水令〕但得箇故舊談諧，綺羅圍繞，笙歌左右，此外更何求，如今命運蹉跎，形骸懶散，才名卑陋，且休題拜相封侯。

〔離亭宴煞〕歸來又是黃昏後，月上短墻垂柳，夢初囘芭蕉響雨。夜纔深枕簟驚秋。幾件見閑窮究。則不如茆堂靜守。買負郭數十丘。結知心二三友。

憶所見

北雙調夜行船 缺月風簾碎影飾。碧紗厨酒乍醒來霧鬢風鬟。柳腰花面。多情恁時安在。

風入松 杏花深處小亭臺。猶作夢魂猜。東風邂逅逢嬌態。麝蘭散滿階。羅襪淩波半窄。春衫可體新裁。

落梅風 眉尖上。眼挫側。先留下幾分恩愛。怕人知特地里佯不採。徐行過玉闌干外。

〔胡十八〕不下懷。自驚怪。悲間阻。想和諧。巫山依舊楚雲埋。鴈書又乖。魚牋倦裁。一身無限愁。十日九番害。

〔攛不斷〕細裁劃。命合該。姻緣項刻多成敗。鬼病千般強打捱。淒涼萬種難擔載。幾曾得片時輕快。

〔離亭宴煞〕楚陽臺步步荊榛隘。擔閣下兩廂情色。相思卷何年結束。糊突謎甚日明白。傳示你權寧耐。切莫把鯫生見責。是送暖的意兒虛。非摶香的性兒歹。

爲妓白蓮賦

〔北雙調夜行船〕太乙峰頭玉井蓮。等閑移入梁園。繡幄遮藏。錦屏圍護。不許路人窺見。

〔風入松〕劉郎心性與花便。獨自掌花權。高燒銀燭重開宴。風光壓盡桃源。烟靄輕籠婀娜。月明冷浸嬋娟。

〔喬牌兒〕惜花人正少年。共花神厮留戀。朱顏相對如花面。美姻緣天下鮮。

〔鴈兒落〕花香散舞筵。花影迷歌扇。花輸才子看。花許騷人羨。

〔得勝令〕人是惜花仙。不悋買花錢。痛飲花前醉。狂

吟花底眠天然果遂今生願堪憐還應宿世緣
〔鴛鴦煞〕名題月老合同券情留張珙相思卷山海盟深膠漆心堅暢道是綠嫩紅柔香嬌玉軟兩意相投已謝却鬧鶯燕風月無邊諸老芳聲播揚遠

題情

〔南商調山坡羊〕風兒踈喇喇吹動雨兒淅零零風送雨兒淒楚風兒橫繡幕中燈兒一點紅燈兒照破人兒夢夢遶巫山若個峰朦朧徘徊兩意濃匆匆歡娛一霎空
〔皂羅袍〕翠被今宵寒重聽蕭蕭落葉亂走簾櫳綠

雲堆枕髮鬅鬆。不知溜却金釵鳳。惱人堦下。凄凄候蟲。驚心樓上。璫璫曉鐘。無端畫角聲三弄。

（解三醒犯）最無奈漏長更永。怎支吾恨多愁冗。夜深私語無人共。他那里驟青驄。笙歌醉迎花笑擁。多應在蘇小湖頭柳市東。放情。一時間採遍芳叢。

（玉包肚）音書誰送。知隔着關山幾重。見如今水濶山高。促急裡怎覓鱗鴻。寒衣費盡剪刀工。線線針針手自縫。

（掉角兒序犯）一任他浮跡浪踪。終須是有個相逢。既然他能全始終。做來的儘自包籠。告神靈都無用。

捧玉鐘流霞滿泛。親陪奉生前共。死後從再把連枝種。

【尾聲】寵愛深。恩情重。風流過犯且姑容。多少閑言過耳風。

冬景

【南中呂泣顏回】天氣煖如春。東風似轉柴門。墻頭紅杏。朝來已破三分。吟魂醉魄。誤年光。徒訝芳菲近。待攜壺慶賞佳辰。郊原外那有遊人。

【前腔】俄聞歌管在東鄰。何堪舊隱倦客孤身。年時蹀躞。軟紅十里香塵。無言自哂。對玄冥錯把東皇認。

嘆山居冷落青尊。笑豪家醉倒紅裙。

普天樂　撚吟髭搔吟鬢。細賡和逋仙韻。雖然是無雪無梅。紙窗明那有纖塵。寒威悄無愛銀屏燭彩斗帳爐熏。

古輪臺　怪天孫。不將伎巧遊勝神。浩然枉自騎驢去。梅花無信。瘦聳雙肩歷遍了幽壑荒村。點檢冰壺幾宵不凍。布衾何必倩人溫。且新篘佳醞。忘情三五知音。團爐談笑。[redacted]消除閑悶盡日到黃昏。虛簷外。先自湧冰輪。

餘音　無眠坐數更籌盡。恐有山陰乘興人。分付兒童莫閑門。

小令

四時閨怨

（北水仙子帶過折桂令）牡丹爛熳綵霞濃。芍藥芬芳錦繡叢。海棠旖旎胭脂重。日高時花弄影。惠風和香透簾籠。怕看那一對對啣泥燕。一雙雙採蘂蜂。一聲聲杜宇啼紅。◯一聲聲杜宇啼紅。麗日遲遲。淑景融融。恨的是孔雀屏閑。鴛鴦帳冷。翡翠衾空。身倦息春懷朦朧。意徘徊星眼朦朧。曉睡方濃。好夢難逢。怎禁那枝上流鶯。喚回俺一枕春風。

風吹楊柳翠簾籠露滴薔薇錦色濃雨淋荷葉珎珠
迸倚闌干心事冗嘆園林慘綠愁紅畫閣十分靜紗
厨一半空恨靈犀一點難通○恨靈犀一點難通倦
挽烏雲恨對青銅雪體香消花容粉淡釧腕金鬆聽
的那雛燕飛愁添萬種新蟬鳴恨有千聲寶鴨塵濃
翠帳烟濃難熬的是暑氣炎光怕的是永日薰風
金風吹減芰荷凋玉露添黃楊柳焦銀霜壓血丹楓
落淅零零梧葉飄響珊珊翠竹瀟瀟雲鬟飛無心掠
柳眉輕不待描最傷情涼夜迢迢○最傷情涼夜迢
迢玉兎寒生金鴨香消粉澹盈腮花容寂靜翠戶蕭

條聽的那江鴈叫心如刀攪望見那賓鴻過癁似針
挑煩惱難熬愁恨難消愁轉難聽業眼難交
園林處處放瑀花殿閣層層鋪玉瓦江山一帶如圖
畫似嫦娥將粉灑白茫茫一色無瑕冷氣侵鳥綾被
朔風透錦繡襴最淒涼凍鵲寒鴉○最淒涼凍鵲寒
鴉畫角聲殘華鼓頻撾雲暗銀蟾風吹鐵馬香燼金
鴨怎禁那繡簾外稠簌簌如蜂採花綠窗前亂紛紛
似鴈行沙心似針扎肉似刀剮紅爐中炭盡烏金銀
臺上燒殘絳蠟

題情

（北水仙子帶過折桂令）並頭蓮池上錦鴛行。連理木枝間彩鳳鳴。合歡花樹底青鸞舞。永團圓伉儷情。爲知音所事皆能。可意的逢着可意。志誠的遇着志誠。聰明的伴着聰明。（二）聰明的伴着聰明各辦堅心。共結芳盟。爲你性格温柔。言談俊雅。體態娉婷。我子道風流地重生個小卿。誰承望綺羅叢再長個鶯鶯。儘自今生。久遠看承。愛惜你花朶般身已。受用那錦片似前程。

詠六樣人家

（北水仙子）纖柔玉手撒紅牙。瀲灩金杯泛紫霞。榮

煌畫燭燒銀蠟下珠簾開繡榻擁環簪珠履交雜怕
黃鳥驚春睡怪蒼頭報早衙是恩榮宰相人家
種成瓊島四時花煉就丹爐九轉砂買來粉面千金
價說陶朱不是假占梁園金谷奢華食美味飧佳釀
坐香車乘駿馬是風流富貴人家
老翁商賈作生涯稚子詩書度歲華山妻紡績供婚
嫁樂昇平諳禮法官司上不甚大差罰今日醒明朝
醉放些些頑撒會耍是尋常百姓人家
紫貂韝靿手中拿錦雉翎毛頭上揷毫猪尾鬣門前
掛慣飛鷹能走馬花桑弓鑌鐵叉山澤部供輸納虎

狠叢成戲耍是山村打獵的人家

鐵蒺藜鋪地不堪踏連珠砲當場一覓打青絲網截路常時掛湯撝着不是耍紫檀槽翠袖紅牙花簇簇迷歸鴈柳行行遮過馬是章臺歌妓人家

扁舟常是釣蒹葭草履何曾到縣衙杖藜隨處看禾稼簌青袍籠白恰客來時一盞清茶香滿爐書千卷月當窗雲半榻是山林處士人家

中秋

北水仙子　有花無月月含羞有月無花花帶愁花香月滿誰能勾幾年無今歲有謝嫦娥青影相留人

有意分靈藥月多情憐皓首自明朝醉過中秋

風情

北水仙子　常開笑口杜分司慣斷柔腸韋刺史能垂慧眼蘇學士不知音誰到此落幾篇風月詩詞無愁酒終朝醉買花錢逐日使有青樓知趣名兒

題情　七首

南駐雲飛　錦瑟淒涼擘破雲鬟金鳳凰楚岫雲遮障洛浦生烟浪　咪　無計訴衷腸枕上思量月又穿窗風又撇羅帳着甚支吾此夜長

杏臉桃腮展轉思量不下懷新月疑眉黛春草傷裙

帶嗏獨坐小書齋自入春來欲待看花反被花禁害
情思昏昏眼倦開
靜掩重門只見飛花不見人詩也難傳恨酒也難消
悶嗏無計可留春怕到黃昏香盡熏爐獨自誰瞅問
翠被生寒壓繡裀
悶倚闌干燕子鶯兒怕待看色戒誰曾犯鬼病誰經
慣嗏書寄兩三番得見艱難再倩霜毫寫一紙喬公
案滿紙春心墨未乾
沉醉京華脫却鸘裘付酒家剗水船難駕灞岸驢難
跨嗏明月照窗紗獨抱琵琶天氣如春此景真堪畫

昨日街頭賣杏花。

數盡歸鴉。你在何處貪歡未到家。月滿荼蘼架。人在垂楊下。嗏。一時間想着他。把情牽掛。直到如今想起當初話。一半眞情一半假。

夜半涼生。銀燭秋光冷畫屏。滿月天街暎。一水銀河靜。嗏。梧葉下空庭。玉漏三更。懶換爐香。笑把紅兒倩。臥看牽牛織女星。

思情

北折桂令　可人心年小嬌娃。百件風流。所事撑達。眉蹙春山。眼橫秋水。鬓綰雙鴉。乾相思撇不下。一時半霎咫尺間如隔着海角天涯瘦也因他病也因他。誰與俺成就了姻緣便是那救苦難菩薩。

美人十詠

詠髮

北醋葫蘆　木犀油櫳掠的光薔薇露滋潤的美綰青絲半嚲綠雲垂若是向玳瑁筵前穩坐地雲鬟高髻將一枝寶花斜插最相宜。

詠眉

前腔　喜孜孜樽席前曲彎彎粧鏡裏把黛煤輕掃出香閨感春色若將心事擬題起那別離滋味鎖雙

蛾愁蹙的遠山低

詠眼

前腔 轉雙眸明似星溜秋波嬌欲滴怎當那送春情一咲萬金值若還是半醉朦騰初睡起雨雲歡會放也斜先把角兒垂

詠口

前腔 綻櫻桃紅半分吐幽蘭香暗襲笑談中出落着玉粳齊半啓朱唇將甜唾唧央及一會唱一闋縷金歌聲過的碧雲廻

咏臉

（前腔）憶香腮悲與歡想芳容嗔共喜他若是淡粧濃抹總相宜酒席上若還多飲了數杯看他這俊龐兒標致恰便似曉霞烘春透一枝梅

詠手

（前腔）數歸期屈指尖似柔荑偏細膩鳳仙花紅染的玉纖齊若還是慢理着氷絃在星月底把瑤琴相對見了些些露春葱舒玉筍拂金徽

詠足

（前腔）蕩湘裙半北慳蹤金蓮雙鳳嘴窄弓弓三寸兒步輕移他便是踏遍了香塵不見跡也子是天生

的可喜。將他那繡鞋兒堪做個暖金杯。

詠乳

【前腔】紗厨中午睡醒。晚涼天新浴起。恰便似紫葡萄寒沁玉冰肌。到晚來半露着酥胸在鴛帳裏。略嚐些風味。怎當那軟柔柔香馥馥好東西。

詠腰

【前腔】逞風流一捻兒。顯妖嬈嬌媚體。恰便似擺春光弱柳任風吹。不似你愛他呵在人前誇大嘴。便有個玉天仙出世。看了他輕歌妙舞有誰及。

詠寢

【前腔】赴陽臺雲雨期殢芳情春意美一會家乜斜着星眼皺着雙眉直等的粉臉上溶溶香汗濕嬌羞無力那温存那掬惜那昏迷

冬夜

【北醉太平】似無若有欲去還留彩雲飛影度西樓伴襄王一宿髻兒鬆恍的釵兒溜酒兒酸逗的眉兒皺燈兒紅照的臉兒羞未曾開口

嘲風月 三首

【南駐馬聽】錦陣花營小可人兒不敢行一須穩重二領差罰三要實成郎君切莫強風情女娘自有痴

心病休論休爭投機可意由人性

滿腹才學風月場中用不着人來客往暮送朝迎米長柴高聰明子弟莫開嘲常言難使無錢俏錦繡窩巢李郎不到張郎到

說起當家柴米油鹽醬醋茶勞勞攘攘絮絮聒聒劫劫巴巴指鹿道馬坐三衙並無一句溫柔話兩鬢霜華上來頭上誰不的

風情 二首

北耍孩兒 我和他身如比目魚情同錦水鴛百年和美成姻眷鬧開東閣看歌舞悶向西樓列管絃貪

歡宴受用些金釵十二紅粉三千
只因咱風流情興多功名心較遠強爭春引惹得蜂
蝶怨暫留月館風亭內醉傷紅裙翠袖邊看了這桃
花面因爲俺一時間恩愛成就了五百載姻緣

新歡

北紅繡鞋 原不慣星前月下乍禁持雨困雲乏被
東風吹綻牡丹芽柳眉輕減翠雲鬟亂堆鴉風流病
直害殺

閨情四首

南傷粧臺 執銀燈青蛾紅臉咲相迎禮數兒忒欽

敬滿口兒吽先生不肯放些些空行坐裏跟隨定纔相見無半頃無情說出許多情

對銀燈金杯滿泛手高擎向耳畔叮嚀道一分酒一分情連央了十餘盞盞盞兒吃乾淨搒泥醉不放醒今宵好歹要完成

剔銀燈燈前覷看越分明則管裏貪歡咲樵樓上打三更心已在陽臺上佯推着不答應羅幃下鴛被整口兒雖強腳先行

滅銀燈枕邊悄語更低聲我嚥他舌尖唾他喚我小時名務盡了歡娛與便搒了風流命情偏熱嬌太遲

手兒無力腿兒疼。

風情 四首

〔北胡十八〕美名兒常在心。那一日恰相見燈影下酒筵前臉兒微笑眼兒涎。走在我耳邊說三言兩言也不索央外人各自要取方便。

經了些苦折磨受了些惡埋怨。實指望要團圓。口兒雖許性兒偏。海神王案前發些兒呪願。但有個負心的。也要他做證見。

百般的定計謀。一些兒犯苗稼。他因我我因他前緣前世俏冤家。刀劍曾手拏。火坑曾脚踏。鍼尖般小心

兒縱的有斗來大
纔說些好話兒烘的早臉兒變道不本分使閑錢服
低做小索從權跪在面前曲膝似軟綿所事兒不敢
說一千個可憐兒

盼望 三首

〔北胡十八〕相會了半霎兒作念有百千遍情勾引
意牽纏粉墻高處是青天又無多近遠望的人眼穿
日日有虛信兒不能勾見一面
眼皮兒恰待合好夢兒難成就聽更鼓數更籌青鸞
無信入紅樓新月兒半鈎印紗窗上頭沉沉梅影兒

彷彿似玉人瘦
又不曾得甚的心兒裡苦牽掛今夜晚會巫峽清晨
盼望眼巴巴倩幾個晚鴉把金烏送下這恁夕日頭
長的來忒稀詫

風情 三首

南黃鶯兒 眼挫裡抹張郎是誰家窈窕娘弓鞋淺
印殘紅上臉兒又淡粧口兒裡噴香多情見了魂飄
蕩惱柔腸一時半晌留下個錦香囊
一見了也留情口不言心自省平白惹下相思病隹
期又未成虛耽着污名老天不管人孤另對殘燈入

場價睡醒糊突夢欠分明
淸減了小腰圍翠裙寬不趂體帶兒扣兒鬆鬆繫不
待喫飲食怕沾着枕席靈丹妙藥難醫治這場疾生
生爲你暫口兒不曾提

麗情 六首

（北河西六娘子）金釵兒斜插着海棠花你看他眉
掃黛鬢堆鴉喜孜孜困倚鞦韆架美臉兒烘霞忽地
玉生瑕絕勝西施醉館娃
牡丹春占斷了萬花叢端的是花比貌玉羞容紫檀
槽慢撚蛾眉綜十指露春葱催上五花驄好似昭君

出漢宮。
大人家風範有誰如。更那堪知法解詩書。與知音行
到無人處。口兒裡長吁。欲語又躊躕。待學文君未駕
車。
翠裙輕束着小蠻腰。說不盡一團兒美妖嬈。香羅扇
半掩朱唇笑。啓一點櫻桃。難畫又難描。說甚楊妃上
馬嬌。
天生下一撚兒玉娉婷。都道是能傾國又傾城。乍相
逢問不的名和姓。笑臉兒春生。閑把畫欄凭。比那觀
音少淨瓶。

繡鞋兒沁濕了露華涼。收拾起禁步玉玎璫。悄行來拜月瑤堦上。告一會穹蒼。私語損柔腸。彷彿鶯鶯燒夜香

精訂月香亭稿終

環翠堂精訂陳

高士里藏板

全一

坐隱先生

大聲納錦傳奇

坐隱先生精訂納錦郎傳奇

新都環翠堂藏板

第一齣

(下扮鴇兒上開)常嫌秋月圓仍缺。每恨春花發又殘。忙裏不知頭盡白。怕將明鏡泣孤鸞。老身姓王。是這金陵大教坊司知名的妓者。不幸夫主早亡。止生得四箇孩兒。長曰王大。次曰王寶。兩箇女兒。長曰惜花。次曰喜月。不獨歌舞。其針指詩詞無不曉者。亦且家緣過活。皆靠這兩箇孩兒。老身想來。衰鬢流年。真易度也呀。傷感人也呵。

（賞花時）則不白髮衰容歎暮年爭奈這楚館秦樓是宿緣生長下二嬋娟想俺那尋常過遣止不過歌扇底舞樽前（下）

（外扮孫以信同淨上云了並下科）（正旦引貼旦上）妾身王惜花的便是這箇妹子兒喚做喜月雖在鳴珂巷中送舊迎新常有不愜意處今日家中無客兒値春閒天道妹子呵我與你後園中散心一回去咱（貼云了同行科）

（點絳唇）（旦）長在平康頗能彈唱居深巷不覺爲暗裏時光却又早春花放

（旦云）是好景也呵。

【混江龍】你覷波　柳條搖蕩。絲絲翠影蘸池塘。正雨香雲淡。水暖莎長。燕子泥融芳徑曉。海棠風細繡簾涼。聽雙歌嬌鳥。見並宿鴛鴦。牽情惹恨。蝶粉蜂黃。妹子你覷波。十分春粧點在眼根前。端的是一天愁都撮在眉尖上。問甚麼踏殘芳草。我只待立盡斜陽。

【油葫蘆】我和你閑看遊絲度粉墻。（貼云）姐姐回去罷。（旦云）惜此春光九十。豈能留得再遊。樂一回且盤桓休暫忙。你聽那隔林風送煮茶香。端的是惜花對景偏惆悵。從今後。調朱弄粉無情況。賞心亭轉過畫欄

宜春軒靠着綺窗。怎能勾玉壺何處來佳釀。只喫到
明月上迴廊。
〔天下樂〕不是愁人不斷腸。你須索參詳。越感傷。我
想這桃源中未得逢阮郎。（貼云）天色晚也。咱們且回
去。明日再來有何遲。（旦）你道是且暫回。對鶯花休太
狂。剗的說到明朝還共賞。
（丑上云）家中有箇客人。初來入馬。孩兒你快來。咱
〔那吒令〕（旦）猛見了俺娘走的來太荒。我心中忖量。是
誰在那廂聽說。罷這場惹心勞意攘。好教我展轉猜
他模樣。不辨青黃。

（下又云了）

鵲踏枝（旦）你教我整殘粧。出蘭房。又不會書倩鱗鴻。怎和他帶結鴛鴦。你把他百千般人前賣奬。那里也俊龐兒賽過潘郎。

（旦入見外介云了）（淨科了）（旦遞酒科）

寄生草我這里舒纖手。捧玉觴。（淨外索旦唱）（旦）你道是東風便索低低唱。好着我春山未得輕輕放。我把這銀箏故意頻頻傍。（淨云）夜已深矣。請哥哥同大姐房中歇息去罷。我們回去也。（旦）你道我堂中收拾綺羅筵。燈前扶入流蘇帳。

(外醉科)(淨扶外同下科)(旦云)想俺母親愛這一文錢。教俺接這箇村頹。兀的不怨殺人也。

【後庭花】你道他俊龐兒所事長。到如今細看來都是謊。且休題諳曉宮商調。刻的呵不分南北腔。我這里自思量。想俺那虔婆模樣。見錢呵沒主張。心腸兒忒版脹。把恩情撊轃上。慣將他時價長。

【青歌兒】呀。那里得春生春生花巷。也不索麝薰麝薰鴛帳。展轉難捱更漏長。不覺的月轉西廂。花影橫窗。我這里羞背銀釭。暗解羅裳。巫娥女不遇楚襄王。好教我難親傍。

想俺自幼兒陪過的些孤老那里有一箇可意的

〔賺尾〕衙是些賽石崇昔年豪那里得類宋玉當時像怎能勾可意人兒見訪待把那浪蝶狂蜂阻過往結果了何粉韓香但得箇少年郎情色相當不問生平賤與良我和他偕盟肯忘這一段難言情況只待倩春風吹恨過東墻〔下〕

第二齣

〔副末上開〕自家姓賈名中是這教坊司一箇樂人自幼不曾習其吹彈專以女工爲活且喜隣舍王媽媽的兩箇女兒請我教他納錦今已數月我想

兩箇大姐與我深有顧盼之心。爭奈他有兩箇兄弟。關防的緊。不能成合。昨晚相約下。今夜與我說幾句衷情的話。須索走一遭去。只因納錦終朝意。惹起偷香舊日心。（下）（正旦上）妾身乃惜花的便是。且喜向日與我吃酒的那箇村頹囚支盪去了。近日有我母親尋得一人。教俺姊妹們納錦。俺自見了那人。便覺有動情之念。爭奈母親與兄弟嚴謹。未能成得。但眉眼傳情而已。今日幸得母親與兄弟俱不在家。昨晚已令人去約。想必來也。這早晚尚早。不免叫妹子出來。與他水亭上散心走一回去（旦叫科）（貼旦上云）了（行科）（旦云）妹子。清和天氣。好是困人也呵。

（鬪鵪鶉）你覷波楊柳陰濃。芭蕉翠展。正冰簟輕鋪。湘簾半捲。却正是團扇新裁。單衣乍剪。行過這畫閣前。曲檻邊。見了些槐影深沉。聽了些棊聲近遠。

（紫花兒序）暫時間打疊起遏行雲白雪。敲夜月紅牙。訴春恨冰絃。無端苦被心事縈牽。熬煎。爭奈劉郎隔洞天。柔腸千遍。恰便似雲鎖巫山路阻桃源。

（貼旦）我見姐姐這幾日神思不快。似有事的一般。却是怎的。（旦云）妹子你那里知道。

小桃紅你道我粉容憔悴怯花鈿。玉腕鬆金釧。兩點春山鎖幽怨翠袖泣啼鵑。且昏昏鎮日慵針線。妹子這等閑話說。他怎的你看那風吟着暮蟬。香消了黃篆。正桐花垂在翠簾前。

(貼云)姐姐。你休者我已窺破你二三分了。你實說我又不是別人。(旦云)我與你說你是必休着母親知道。

金蕉葉搭撫定繡綳兒低低的悄言。你是必休泄漏半點兒春情與老萱。(貼云)却是誰(旦)是那教納錦東隣的業寃。似這等麗兒較鮮。

(貼云)姐姐不說廻妹子也不敢說繞閑姐姐言語
春戀那人正與我心下一般姐姐想俺每空房望
想知他是成得也成不得也(旦云)我夜來已約下
他了(貼云)姐姐却是多早晚來里(旦云)天色將晚
這早晚敢待來也我們可回房中去等他(旦與貼
回科末上科)(瞧科)

調笑令(旦唱)猛聽的鵲喧近庭軒呀疎竹瀟瀟覆短垣莫不是賈充宅裏來韓掾犬聲兒吠近花前想今生此情非偶然料應是五百載姻緣

(旦云)兀的不來了也

〔禿厮兒〕他向綠窗外把身子兒半偃畫闌東將繡閫兒低掀把春衫半幅含笑褰怕人瞧暗隱在花邊俄延

〔聖藥王〕他意巳堅我恨巳傳嬌鶯雛燕總堪憐我眼巳穿他步巳先抵多少晚涼偷上木蘭船他只待雙採了並頭蓮

（旦與末攜手入房科云了畫繾綣之意）

〔麻郎兒〕旦露滴處喜葵心乍展風來時正垂柳頻顛含羞把燈花自剪情盡也柳腰猶顫〔么〕偎着這玉肩恰睍俏言却又早龍漏聲涓却又早涼蟾影偏却又

早〡綠槐陰轉。

(旦云)今夕之期。雖海枯石爛。不可易也。與君再欲盡歡。爭奈隣雞三唱。恐俺母親兄弟知覺。怎生是了。

(絡絲娘)怪眼底良宵較淺。怕娘行春夢將旋。只怕他潤破了窗紗悄窺見。教我呵怎生分辨。

(末拜辭科)(二旦贈羅帕與末科)

(綿搭絮)旦鶯鶯情順。盼盼心虔。香羅親贈。紅袖輕牽。眼底凄涼有萬千。風月所番成離恨。天准備着彩筆花箋。俺兩箇把斷腸詞細敷演。

（拙魯速）怪垂柳碍香肩。怕蒼苔印金蓮。那月兒正圓。我鬌兒又半偏。粉墻外撲喇喇宿鳥兒正驚喧。痛煞煞折雙鴛。香消了金鈿。恨題在羅扇。從今後把幽情把幽情寫斷絃。

（旦云）今夕一別。會在何日。（旦下淚科）

（尾）匆匆人去難留戀。兩下里相思未免。從今後翠幃裏影兒孤。陽臺上夢兒遠。（下）

第三齣

（旦與貼同上）（旦云）自從與那賈郎相別之後。不覺數月。我心下常常念他不得一會。（貼云）姐姐。且喜

今日毋親與兄弟都吃酒去了。何不着人暗約他
來。却不好。(旦云)我已約去了。今夜他敢來也。我與
你只在這繡窗下候他。妹子。你看這清秋天氣好
是淒涼人也呵。

【粉蝶兒】愁思無聊。小房櫳暮秋天道。幾般兒助俺
寂寥。參漏聲沉。燈影亂。井梧零落。鬧虛簷疎竹瀟瀟。正
應着斷腸人別離懷抱。

【醉春風】風急繡簾低。天空霜月小。被兒單枕兒冷
夢兒孤。常好是盼不到曉曉。這些時裙褪了纖腰。釧
鬆了玉腕。香消了花貌。

（貼云）姐姐你你說里。我爲他也消瘦好些了。（旦云）
妹子。想他所事標致。我心中怎生放的下他也。
（普天樂）想着他性情真。容儀少。衙一團洒落。無半點
輕薄。暗藏着子建才。出落着張郎俏。一自花前初期
約。因此上害相思不問昏朝。香盡呵寒生了鳳衾。絃
斷呵箏閑了鴈柱。人去呵指冷了鸞簫。
（旦云）妹子呵。這早晚是他來的時候也。
（石榴花）你看那碧紗寒。透篆烟消。涼露滴芭蕉。他那
里惜花心恨煞。粉墻高。正香堦靜悄。桂影風搖。幾回
疑是他來到。定睛兒月底偷瞧。（末敲窓科）（貼云）姐姐。

他既來怎的不作聲(旦云)妹子你那里得知道他怕娘行不敢題名吽把窗櫺輕用指尖兒敲(末悄入房科)(旦云)從與你別後我姊妹們無一日心中不掛着你你好負心也呵(末跪謝云了)

(鬭鵪鶉)(旦唱)怕只怕意斷恩絕恨只恨離多會少怨只怨鳳隻鸞孤怪只怪魚沉鴈杳恰便似巫峽雲深路轉迢端的是望眼勞為你呵花陰下將靈鵲頻占繡幃裡把金錢暗禱

(貼云)姐姐你在房中相陪賈郎我去伏事母親睡了便來(貼下)(淨扮王大王覓云了)

上小樓(旦唱)方纔把燈兒滅了(淨敲門科)忽聽得槌門高叫。諕的俺膽顫心驚手忙脚亂魂散魄消我待把家業抛。即便逃。難出圈套。則不如等他來盡情哀告。

(旦開門科)(淨揪末打科)

么(旦唱)誰想他忒狠毒忒做作則見他脚類星飛拳如雨點。心似湯澆。我這里行跪着行訴着他越添焦燥。恰便似嚇魂臺降來神道

(淨打旦科)

脫布衫(旦唱)打的我髻兒歪墜了金翹淚兒零濕透

了鮫綃想俺來也只是閑花野草怕是麼燕期鶯約。
（淨又打末科）
小梁州（旦唱）他抵死將人亂棍敲。未肯輕饒。他千般
百樣醜劬勞。常好是眞麄懆。（末掙脫寫下蒲靴一隻
走了淨拾得藏科）（旦唱）呀。却被他掙斷紫絲縧。
（下貼上）
么（旦唱）霎時把俺娘驚覺。走將來一覓呼嚎。他將那
拐棒拖把銀燈照。見俺枕衾顛倒。他親自取供招。
（淨與卜拿旦問科）（旦云）母親。並無這等事。賈中來
我房裏看生活來。王寬與他舊日有些仇氣故意

將此頼我(淨將蒲靴拿出打梭科)(旦不語科)(卜云)你這賤人還嘴強哩快實說便罷不說呵只打殺箇小賤人(旦云)毋親休打等㤥孩兒說

快活三也須索細量度且莫要苦煎熬若還一一問根苗返惹得他人笑

(卜云)你這事不一遭見了快實說了罷

朝天子(旦唱)雖是這幾宵止來了兩遭又不敢時時約(卜云)他來時是麼時分(旦)他來時半鈎斜月掛林梢(卜云)你怎生知道他來(旦)他走向花前哨(卜云)他去呵是麼時分(旦)他去呵更鼓方停隣雞剛吽他戰

兢兢生怕曉。把門兒頂牢。（下云）我却在那裡。（旦）母親行、壁着（下云）你敢是說謊。（旦）問妹妹他知道。（下同淨鬧罷散了科）（貼云）姐姐。只吃你每日做將出來。（旦云）妹子。做出來打甚麽緊。爭奈那人再不能勾見他這相思定然害也。

【耍孩兒】巫山十二侵天表。從今後歡娛較少。攔截了牛渚星橋。這淒涼起自今朝。他那里青衫夜月啼紅淚。我這里錦瑟春風怨碧桃。幽况憑誰託。姻緣簿兩廂擲下。相思擔三處挑着。

【四煞】被兒單怕護持。影兒孤怎打熬。巖巖瘦骨實難保。常則是香銷斗帳和衣臥。抵多少花壓重門待月敲。這苦和誰道。怕的是風驚梧葉。燈燼蘭膏。

（三煞）江寒魚信疎。雲深鴈影遥。天涯咫尺無消耗。怎能勾暗傳紅葉溝中句。同奏青鸞背上簫。愁悶何時了。纔離心坎又上眉稍。

（二煞）俺娘呵歹心腸有十分。好人情無半毫。鴛鴦眼底生分却。既知道翠幃苟合將三載。剗的把拐棒摩挲問幾遭。性子兒忒麄躁。將楚陽臺截斷。把祆廟火重燒。

（一煞）從今後湘裙病後寬。朱顏瞎裏消。金針拈得仍顛倒。（准備着）冰絃對景彈心事。彩筆臨風點卦爻。我自幼多奇抱。愛的是聰俊。嫌的是村濁。

（貼云）姐姐。這等話說也不濟事了。枉惹的他人恥笑。不如俺姊妹每別尋箇姻緣罷。

（尾）（旦）既耽風月心。何妨鶯燕嘲。只愿那有情人早辦下鴉青鈔。管和他團圓到偕老。（並下）

第四齣

（卜同淨上云）俺在這鳴珂巷中數十餘年。代代兒並不會有這等勾當。着這兩個賤人。兀的不辱莫殺我也。如今你去打聽院中。但有出得起銀子的。

賈與他去罷(淨科云了並下)(淨倒扮吳通上云科了)連忙收拾酒禮娶親走一遭去也(下)(外上云)想這王媽媽十分無禮將我姻緣一旦阻絕要把他女兒惜花嫁與吳通我想來怎生容得他不免去色長處告他去(下)(旦上云)自與賈郎一別撚指三月這相思何日是了也呵

【新水令】東風一夜報春回又添上別離滋味青窺墻外柳紅綻嶺頭梅獨守香閨雲鬟亂鳳釵墜

不覺光陰又是早春時候追想舊日情況大不相同何日遂得心也

水仙子）萋萋新綠掩空扉。側側輕寒上玉肌。盈盈香帕搴紅淚。許多時無信息。這幽懷更許誰知。拜新月芙蓉屏外。占靈鵲荼蘼架底。候歸鴻楊柳亭西。

我且將這門兒掩上睡一覺咱（貼上敲門科）

清江引）（旦唱）好夢是誰重喚起。默默心如醉。弓鞋踏地輕。玉珮敲風碎。莫不是有人來送喜。

（旦）見貼科云）我道是誰。原來是妹妹。莫非賈郎處有些好音麼（貼云）姐姐賈郎一事不必提了。

喬牌兒）（旦唱）你道這姻緣不索提。這煩惱更加倍。謊的俺百般的吐不出喉嚨氣。敢是母親行又聽閑是非。

(旦)問云了(貼)云不敢與姐姐說如今母親接了吳通財禮要將姐姐嫁與他去我得來報你知道(旦云)兀的不怨殺我也

甜水令 柳嫩風顛花開春去月圓雲閉天意苦難齊舊恨綿綿新愁疊疊分付雙眉眼見的命裏朝夕

(卜上云)吳家約在今晚來娶你這賤人不收拾等甚麽。

折桂令 (旦)諕的咱 眾沒騰半晌呆癡四體頑麻語話難回這婆婆趕退了張郎支撐開雙漸苦尋上馮魁

愛的是擡不動扛不起茶紅酒禮。嫌的是畫不成描不就俊俏容儀。怎禁他百樣凌逼千種禁持。把些兒喜喜歡歡。番做了哭哭啼啼。

（貼淨扮色長領外淨一行人上）自家姓許渾名許白腸。是這版色色長在這色中二十。餘年並不會斷一樁事。今日早間着這兩箇寃家拿這兩紙情詞來累我。不免同去王家門上斷案走一遭也（行科）不覺來到也。（見卜科云了坐科）拿過那妮子來。（二旦跪科）（外淨亦跪科）（貼淨云）將你從前的事一一說來我親自剖斷。

眞實（貼淨云）
頭兒訴起

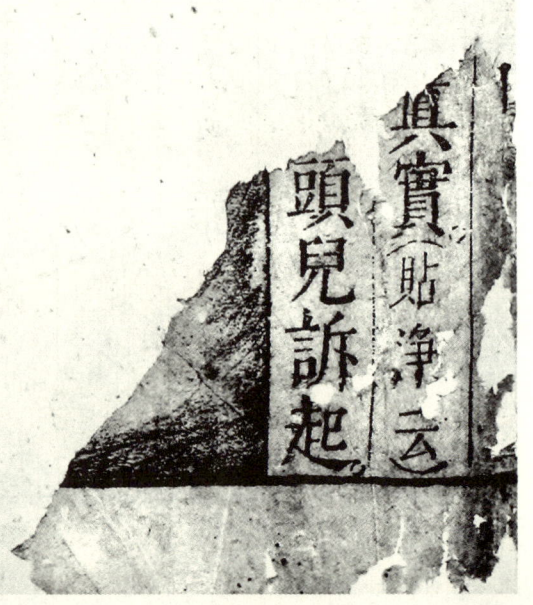

環翠堂精訂陳

高士里藏板

全一

坐隱先生

大聲太平樂事

坐隱先生精訂太平樂事

新都環翠堂藏板

（末上開）

（滿庭芳）燈火烘堂，笙歌擁市，上林鶯囀魚遊。一輪飛鏡，艷艷出雲頭。萬點春星錯落，射金鰲，鱗甲光浮。分明見，珠宮貝闕，遥暎望仙樓。喜逢全盛日，君王堯舜，宰輔伊周。聽康衢擊壤，鼓腹民謳。多少朱闌翠幕，一齊來，捲上簾鈎。良宵永，風香火煖，春色滿皇州。

三五良宵，上元樂事。半空中皓月初升，六街裡春燈相射那月似馮夷推上爛銀盤這燈似天女織成鋪地錦燈映月增一倍光輝月映燈有十分燦爛望不盡鐵鎖星橋看不了銀花火樹繡毬燈畫屏燈似霞彩攢成雪花燈梅花燈如春冰剪碎芙蓉城獅象吐青烟金蓮沼魚龍噴紫霧萬千家燈火樓臺一百里錦雲胡洞這壁廂厮琅琅玉轡嘶來那壁廂砣刺刺香車碾過則覺得熱烘烘煖氣襲人輕拂拂暗塵隨馬見着肩携着手翠袖燈前倚着欄揭着簾紅粧樓上滿城中簫鼓喧闐徹夜裏笙歌不斷一任他玉漏頻移且喜的金吾不禁

錦繡場齊唱動豐稔歌謳。風月牌大書着太平時序。見了些醉醺醺笑呵呵行樂遊人。又閃上錦叢叢花簇簇爭標社火。那飄霞颺彩五方旗。巨口狠牙開路鬼。有那白襴衫皂角巾騎着驢裊着鞭傷着花依着柳是那杜甫遊春。那宮錦袍烏紗帽放着船舉着酒作着歌拍着手是那李白問月。領着神驅着鬼跨着驢持着劍是箇斬怪的鍾馗。駕着雲騰着霧搠着鎗搠着杵是那降魔的太聖。鎗閃閃劍琤琤甲鱗鱗虎牢關戰敗了呂溫侯。陣堂堂旗正正鼓鼕鼕九里山追乏了楚項羽。又有那質彬彬文儁儁色能溫貌能恭的孔門七十二賢。氣昂昂雄糾糾戰必勝攻必取的雲臺二十八將。有春申君信陵君平原君孟嘗君是那戰國四豪。有晉文公齊桓公管夷吾晏平仲是那春秋二伯。試看那唐三藏白馬馱經釋迦佛金刀落髮。那呂洞賓攙定漢鍾離藍采和携着張果老。眞箇是形骸放浪喬三教。衫袖瑯璫醉入仙。你看那琥珀杯中傾綠酒。沉香火底啓華筵。眞箇是燈明月皎元宵夜。雨順風調大有年。燈光下遠遠的望着見一箇賣花的來也。

(外扮賣花人上)我賣花。我賣花。不賣眞花賣假花。花頭裁錦綺花葉剪輕紗。不賣與貧寒小戶。只賣與富貴名家。(末云)怎的不賣與貧寒小戶。(外云)那貧寒小戶。髮麄難插帶。手全不堪拏。那富貴名家。艷枝侵寶髻香影入菱花。非是我好矜誇。若是那富的來買。我滿枝白送與。那貧的來買。我一貫不饒他。(末云)你那賣花的過來。你這花。可是你自巳賣起。是祖上傳流。(外云)我是三輩兒流傳。(末云)我說與你。你賣名花是祖傳。我買花買朶也多年。總然巧口能誇獎。

兒了花兒與兒錢。採花來我看。

（紅繡鞋）（外唱）賣一朶金落索斜挑金鳳。又一朶鬧鵝兒鬧動春風。試看錦蝴蝶雙戲海棠叢。有那托模兒銀芍藥。少口氣的玉芙蓉。我將百般花說一箇總。

（外云）我這花不用春工不費裁。美人頭上四時開。

（末云）要將花朶丁寧問。那後面隊隊行行似擁來。

（外下）

（扮賣脂粉人上）

我賣粉。也賣胭脂也賣粉我這脂點酥紅入唇。這粉和露香生暈。休笑我小營生。休笑我無多本賣的多也無大利。賣的少也不大損。者麼你寶貝珍珠。不似我這樁安穩。引的些章臺妓倚着樓款款相呼。香閨女揭着簾低低借問。我增添些貌美容嬌。遮了些皮麄面蠢。昨朝入大院深宅。我傾囊賣多蒙見允。我爲甚歡喜來家。常言道千零不如一頓。(末云)你那賣脂粉的過來。我問你幾句。脂點櫻唇。粉暈腮。粉香脂膩果奇哉。粉奩裏面多般物。一一從頭細說來。(脂粉云)你聽着。

(賽鴻秋)描金盒子良工造。青銅鏡子佳人照。骨牌骰子兒童好。頭繩結子丫鬟要。釵簪共耳環。梳篦和眉掠更有那玲瓏香串垂纓絡。

(脫布衫帶過小梁州)刷牙兒裁得堅牢。粉撲兒襯的虛梟。面花兒攢的小巧。戒指兒做的輕妙。鍊鐵鈎環線板絛。五色絨納錦荷包。兒方手帕織絞綃。官樣的雙簷帽。靴子嵌藍條。幾圓兒噴鼻香肥皂粘綴綴道地阿膠。花籃兒軟翠鋪。犀箒兒香油淖。任從索落。開口便成交。

(末云)脂染腥紅粉又香。犀梳牙篦總尋常。生來說剗談兵口。不是塗朱傅粉郎。(脂粉下)

(扮賣柴人上)

我賣柴南山深處砍將來。只權傳朽木不伐棟梁材我犯了些傷人虎豹銜了些當路狼豺我比那王樵子不知那棋中着數我比那朱買臣欠了些肚裏文才我如今一肩擔箇定不倩別人擡這些時無人岩蹔問因此挑擔上長街正是那不由人計較都是命安排（柴云）遠遠的望着個賣炭的來了。

（扮賣炭人上）

我賣炭分明是箇燒窯漢日日朝朝賣不絕年年歲歲燒不辦把東嶺青松錯犯着南山白石皆煨

爛雖然是灰燼之餘也有數言稱贊這枯朽質待時來到處相親那陶冶器招損易落一時好看這柔和的煅煉的一霎春生剛硬的爆炸的五零星散近時來人事全薄到那六月時將人輕慢這些〻物也有箇炎涼正是只落的一聲長歎（見介）（柴云）住住住你那賣炭的有甚麼好處（炭云）我問你這賣柴的可有甚麼好處

（水仙子）（柴唱）這柴沉沉担子壓肩歪（炭云）你壓壓的肩歪有甚麼好處（柴唱）交了錢兒就撒開不似你沿門碎數零稱賣四時閑只有冬月買你在火坑中鑚出頭

來乜件兒家常事主人翁先布擺起初兒是細米乾
柴
（前腔）（炭唱）你這賣柴的人與你做樵夫每日裏擔着箇
長柄斧走了些險峻羊腸路你打柴人眞箇苦我到
富豪家改變了規模碎末兒把香湯來和揑搦成獅
共虎受用些煖閣紅爐
（末云）你兩箇休要爭論我與你兩兩批判你見火改
名爲炭不燒與你爲柴到此假名托姓本是同體
同胞你爨下消磨枝葉你爐中損壞形骸都是一
般朽木不須將時價高擡（柴炭下）

（扮賣酒賣茶人上）

（酒）我賣酒（茶）我賣茶（酒云）我這酒臘前和細麴（茶云）我這茶雨後採新芽（酒云）我這酒浮瀲灩金甌漾色（茶云）我這茶點輕圓碧碗生花（酒云）我這酒授良方中山自造（茶云）我這茶得異種陽羨爲佳（酒云）人都道放懷詩酒（茶云）詩中有留客茶瓜（酒云）你這茶洗滌得詩腸澁苦（茶云）你這酒懊惱得醉眼昏花（酒云）你這茶喫多了渾身氷冷（茶云）你這酒飲過了兩腿酸麻（酒云）你這茶盧玉川稱道有許多言皆爲誑語（茶云）你這酒李翰林賦道有

百千篇總是虛誇(酒云)你這茶想陸羽茶經訛謬(茶云)你這酒說劉伶酒須全差(酒云)你這茶調弄的箇陶學士凍僵在書館(茶云)你這酒勾引的箇畢吏部臥倒在隣家(酒云)你這茶全無一長可取(茶云)你這酒幾番失事因他(茶云)你酒有甚麼好處(酒云)我說與你

(村里迓鼓)(酒唱)我這酒都說道是杜康能造不枉了伯倫稱道若是聞着氣息嘗着滋味無人不好有了我不寒不冷無憂無悶有說有咲者麼你七碗吞連甌灌有甚麼標(茶)你把箇玉川子腊膘渲了

(茶云)我說與你。

(前腔)(茶唱)且休說鳳團佳製。端的是武夷爲最。喫一盞清香噴鼻。清涼入口。清風兩腋。我能消睡魔。能除煩渴。一團清氣。(酒)呃。遇着你的昏。逢着你的醉。撞着你的迷。酒。你那其間不是我。誰來救你。

(末云)你這兩箇茶酒爭到幾時。我說幾句。與你兩箇分解。你這酒。錦帳圍爐泛紫霞。這茶。玉堂掃雪煮春芽。這酒。三杯煖意生毛骨。這茶。七碗清風入齒牙。寒夜客來茶當酒。炎天醉後酒憑茶。你兩箇一時有犯爭高下。到底終須是一家。(茶酒下)

（扮賣鵞賣雞人上）

（鵞云）我賣鵞。（雞云）我賣雞。（鵞云）這鵞是箇白白淨淨好行貨。（雞云）這雞是箇花花綠綠好東西。（鵞云）這鵞昂藏着長膊項。（雞云）這雞抖擻着錦毛衣。（鵞云）這鵞房楫池中遊戲。（雞云）這雞宋宗窗下依棲。（鵞云）這鵞有二長。人人都見。（雞云）這雞具五德。箇箇皆知。（鵞云）我這鵞下蔡城全收了些功効。（雞云）我這雞。長安市討盡了些便宜。（鵞云）我這鵞王右軍見道士籠來要換。（雞云）我這雞。杜工部將小奴縛賣爲題。（鵞云）我這鵞。不妨終日玩。（雞云）我這雞。

常是五更啼(鴦云)我賣鴦。你可又來賣雞。在這里
攙行奪市。(雞云)你賣得。我也賣得(鴦云)你這雞。把
甚麼來比我的這鴦。
(沽美酒)(鴦唱)這鴦兒賺的肥。(雞唱)這雞兒儘一提。你這鴦
斤兩雖多不換雞。(鴦唱)我這鴦渾身似水洗。供了些大
筵席。(雞唱)我這雞。每日把黃粱飽喂。(末唱)你兩般兒休論
高低。守着那貧漢每多活得幾日。賣與那大人家調
和了五味。我這箇買的。你這箇賣的。講論一一箇甚的。
太古來將本求利。
(末云)我說與你兩箇人。爭論的都是閑話。不曾說

着你雞鶖的好處。雞有堪稱不解。鶖有故事誰知。鶖腦此隣古語。雞鳴茅店詩題。你這鶖鷗鷺難容作伴。你這雞鳳凰不與爭食。我且要看燈明月皎。你兩箇百忙裏講甚麽雞瘦鶖肥。（雞鶖並下）

（外扮賣花火淨扮賣糖人上）

紅繡鞋（外唱）我賣的是花兒炮仗。（淨唱）我賣的是香甍蔴糖。（外唱）你這賣糖的與我花火那一箇忙我賣花火連朝快。（淨唱）我賣糖的整年忙。（外唱）我放一箇震天雷着處響。

（淨云）你賣甚麽花火（外云）你賣甚麽蔴糖（外云）你

敢問我馳名花火。(淨)你敢問我出色蔴糖。我這糖
是波羅蜜悟來的心訣。(外云)我這花火是蚩尤神
留下的奇方。(淨云)我這糖五味裡歸伏的甜軟。(外
云)我這花火一竅中匹配陰陽。(淨云)我這糖美甘
甘醉時解渴。(外云)我這花火明朗朗夜半生光。我
這花火内稱吾爲首。(淨云)我這蔴糖中數我爲王。
(外云)我這花火。無形中變化出枝枝葉葉。(淨云)我
這蔴糖。有味裡搓弄的短短長長。(外云)我這花火。
埋藏着噴烟吐霧。(淨云)我這蔴糖。包羅着切玉搏
香。(外云)你這蔴糖。擔定着許多斤兩(淨云)你這花

火能有幾日風光(外云)你這糖常則是挑籮揑担(淨云)你這花火不道的滿籠成廂(外云)你這糖連累了些芝蔴豆末(淨云)你這花火相識了些硝炭硫黃你放一箇響炮仗也則是必必剝剝(外云)你敲一箇破鑼兒也則是丁丁當當(淨云)你這賣花火的引了些頑童浪女(外云)你這賣糖的串了些窄巷營房你這糖到了那六月天堪堪罷市(淨云)你這花火過了正月半便是無常(外云)你這糖平白的招人打罵(淨云)你這花火入場家惹起災殃(外云)我這花火千里外勞人遠寄那百家姓有一

句是苗鳳花方。(淨云)我這糖。滿担子有錢不賣。那
千字文有一句是存以甘棠。(外云)你這賣糖的。終
不到一城中攪絕了主顧。(淨云)你這賣花火的。終
不成滿街裡占斷了獨行。(外云)你賣糖。怎麼不與
我計較。(淨云)你賣花火怎麼不與我商量。(外云)你
閑管事。我又不曾折了你資本。(淨云)你奇筭帳。我
又不曾須了你錢粮。(外云)你消我舌尖上幾句話。
弄的你妻迯夫散。(淨云)你用我狀兒裡十箇字弄
的你家敗人亾。(外云)你見我不動手。脚先跟蹌。(淨
云)你見我未交拳。心早慌獐。(外云)我在這六街上。

務敎你陪禮。(淨云)我在這人叢中。定要你伏降。(淨云)你這花火出落着無人問買。做不的箇懷寶迷邦。(外云)你這糖縱然一時間賣了。也做不得衣錦還鄉。(末云)你兩箇一般生意。讓些兒便待何妨。你兩箇不弱如爭功鬭呂。到勝似鬭智孫龐。這搭兒是看燈都市。又不是聽訟的公堂。不爭你尋活覓死。穢污了錦繡排場。忍了氣大家歸去。你那不平事等我慢慢叅詳。(外淨並下)

(淨扮雜賣貨郎上)

(貨郎兒)(淨唱)貨賣的有諸般的行貨。一件件非同小可。

千斤擔子可是我擔着的。羞蹀躞賣些零碎。必留不剌說上忽多。有退光漆的家火。壘絲嵌的生活。戧金螺鈿粉香盒。又珠花翠朶。遶街裏踏的脚心破。八塲家恐着我這腹中餓。逐朝家走的我腿兒拖。不是我奪市攙行尋鬧炒。我家裏少米無柴可也没奈何。

我是箇慣賣貨郎。行院。專走府州衛縣。不獨腿健脚勤。又能口巧舌辯。天涯南北東西。我在中間厮串。若問頭上戴的。金銀珠花頭面。若問身上穿的。錦繡綾羅紬絹。若問手上帶的。八寶連珠鐲釧。若問脚下登的。靴子皂皮金線。婦人臉上貼的。點翠玲瓏花鈿。男子腰間繫的。五色渾絨絛縺。秀才文房用度。上等紙墨筆硯。武人軍旅衣裝。盔甲刀鎗弓箭。君問生藥諸般。先看牛黃氷片。若問飲饌喫食。酥蜜糖油粉麪。三百六十多行。不少一物一件。有的就在眼前。沒的說箇活現。十分止說一分。買的都要聽見。便有那一千箇蒯徹蘇秦。把我這擔子上不能數遍。方纔遠遠聽着爭鬧來到這里不見一箇做買賣的人。

（外扮賣花人上）

我賣花。（淨云）你賣甚麼花。（外云）我不賣真花賣假

花（淨云）你賣花不要誇我這擔子上面也有他（外云）你的花不及我的花（淨云）我的不是真花（外云）你的不是真花不如我的假花

清江引（外唱）你真花兒不如這工製的巧就裏誰知道雖然桃李花春去先零落到不如這假花兒長不老

前腔（淨唱）假花兒不如真的好有一日春來到情知不是真枉惹蜂蝶笑那其間被人抛棄了（外下）

（扮賣脂粉人上）

前腔 臉兒要搽唇要抹脂粉濃調和成交本利輕

粧點功勞大。一城裏美人兒都愛我。
前腔（淨唱）日高時美人初睡起。亂挽烏雲髻。人兒簾裡邊。簾兒垂着地。噢梅香把錢兒交付你。
（賣脂粉下）
（扮賣柴人上）
我賣柴。（淨云）你賣柴。用人擡不如我簿籃底下拿出來。你那賣柴的有甚麼好處。（柴云）我說與你賣柴的好處。
金字經（柴唱）這家裏春糯酒。那家裏開瓮開。賣了肩頭上一擔柴。一擔柴酒錢兒懷裏揣。醉了時妨何碍。太

家歸去來

（淨云）你的柴不好。

（前腔）這壁吽賣柴漢。那壁吽挑擔人。肩上常擔着千百斤。千百斤。破錢兒無一文。傷人間。古來幾箇朱買臣。

（賣柴下）

（扮賣炭人上）

我賣炭。（淨云）你賣炭不好。看誰知我也賣的慣。你的炭不好。（炭云）我說與你那好處。

（前腔）富的每見我喜。貧的每見我親。寒變陽和冷變温。冷。變温。貧的也不受貧。一爐火。滿家兒都是春。

（淨云）我說你那不好處。

（前腔）起初兒都是火。到頭來都是灰。你冷處不着熱處偎。熱處偎。炎炎的肯讓誰。銷金帳。古來幾箇党太尉。

（賣炭下）

（扮賣茶酒人上）

（鴈兒落）（茶唱）茶曾學士烹。（酒唱）酒有賢人須。（茶）茶傾碧玉甌。（酒）酒貯黄金甕。

（得勝令）（茶酒合唱）往常時茶酒不相容。今日箇茶酒兩和

同酒愛茶香細茶欣酒味濃兩腋兒清風誰道茶無用滿臉兒春紅方知酒有功

折桂令（淨唱）便休題細茗春醪說甚麼玉液瓊漿道甚麼嫩葉柔條陸羽茶經劉伶酒頌枉自徒勞又不是臨邛市誇不的酒好又不是白玉堂說不的你茶高捱過今宵等待明朝看燈人徹夜匆忙茶和酒且索開交

（茶酒下）

（扮賣雞鵞人上）

端正好（雞鵞唱）鵞兒肥雞兒壯雞兒膘鵞又非常似這

般不揪不採沿門剗也則是命運上不發旺。

（滾繡毬）（淨唱）你賣鵞的少伎倆賣雞的欠主張。這雞兒誰問你促行人曉窗三唱你這鵞又不是宴蘭亭曲水流觴你兩箇見世情不忖量見如今雞又多鵞又廣賞翫人塡街塞巷雞賣的作陣成行不是你腥燥買賣雞鵞市可是燈月交輝錦繡鄉賣弄你停塲也那經商。

（雞鵝下）（淨）這雞行人都喫我問倒了回去我如今唱一箇歡喜的曲兒也要撒了罷。

（醉太平）這雞行人都對倒我如今一擔兒挑着前

街後巷走一遭聽遊人鬧炒來的去的把我來便都不叫好的歹的都不要我挑着沉的重的壓的我怎生熬到不如丟了他到好

〔淨〕欲下末上攔云你那里去恰纔箇喧喧炒炒一時間冷冷清清喜的是人烟輳集愛的是燈月分明舉頭來團團明月信步去簇簇花燈這壁廂香車翠轂那壁廂寶馬珠纓滴溜溜紅旋翠舞鬧垓垓柳送花迎見如今萬民歡樂見如今五穀豐登三五夜元宵賞翫數百行各自施呈你來長街上攙行奪市衆人前逞會誇能賣花的你說他花兒

不好賣粉的又道紅粉無情賣柴炭的你說柴低炭賤賣茶酒的你說他酒冷茶淸看着那雞鵞兩件便道他下等營生止有那賣糖與花火他兩箇自巳相爭似這般損人利巳則許你獨走獨行你道是攬灾禍無甚麽膂力你道是惡少年不大知名你妨碍了遊人興趣你攪亂了簫鼓音聲那擔子上知他有幾多行貨信着你巧說無憑說的好且教寬恕說不好打破你天靈

(後庭花)(淨唱)我問你那賞元宵誰第一似俺這等貨郎兒能有幾擔子上有多少稀奇貨你將我一樁樁盤

明起說與你衆相識你每也休誇伶俐那賣花的無好枝粉欠白脂欠紫賣柴炭的行次低賣雞鵞的不量巳他挑到明蹷到黑鬧處鑚熱處擠爭如我走一回坐一回唱一回耍一回人問着佯不知人呌着全不理人呌着全不理

【青歌兒】我可也非同非同容易賣的來委實委實標致一物一行說與您知擔子挑的件件周備若問着頭上戴的金銀珠翠身上穿的綾羅段匹腰間繫的鈎環提絲脚上穿的靴襪護膝床上鋪的煖褥涼席錦帳羅幃壁上掛的青山綠水翠柳紅梅爐內燒

的沉腦安息口裏喫的美酒甜食猪肚羊蹄器用之類玉斝瓊巵周鼎商彝君子不器雙陸圍碁使的用的好的歹的破的落的三百六十略數些兒赤緊的買的要便宜賣的又不依我說我喫虧他道他不值則嘗裡遲疑我到把他央及他將我拳打脚踢後搶前推我急走如飛後面來追弄的我上氣接不着下氣後蹄趕不上前蹄眼裡流着眼淚鼻子裡流着鼻涕十分傷悲十分孤恓似這等李罵張欺意懶心慵當不過左邊揪右邊扯這壁廂拐了錢那壁廂賒了貨賒了那哈朋哈數吉哩骨碌必丢不荅零零碎碎

萬萬千千箅不的記不的便討不的(末云)你賣一丁幾日(淨唱)哥呃我剛賣頭一日

瑞靄祥雲麗絳霄　貝宮珠闕振金鰲
綺羅影射春燈爛　簫鼓聲催海月高
萬里銀花連火樹　九重春色醉仙桃
詞臣欲賦昇平頌　剩買中山紫兎毫

環翠堂精訂陳

高士里藏板

全一

大聲草堂餘意

坐隱先生精訂草堂餘意目錄

春意

精訂草堂餘意目錄

夏意

冬意

草堂餘意目錄畢

坐隱先生精訂草堂餘意卷上

新都環翠堂藏板

春意

瑞龍吟　周美成

東風路多少小燕閒庭亂鶯芳樹踏殘滿地香紅雕輪寶馬行春何處○自延佇偶見重簾臨水幾家朱戶闌干倚困新粧眼波寄意憑誰寄語○梟梟垂楊無數不綰閒愁向人空舞應笑崔護重來容鬢非故○忍淚停鞭猶續舊題句還念想釵金半溜襪羅輕步事逐行雲去○玉簫樓上傷情緒嫋嫋音如縷春

城晚。霏霏滿湖烟雨。斷腸無柰。落花飛絮。

驀山溪　黃山谷

薄情雙燕。暮失朝還。偶樓上捲簾時。看春山雨蛾爭秀。斷腸何處。清淚近來多。羅衣透。人消瘦。正把歸期候。○傷春中酒。又過清明後。烟雨冷江城。見滿眼草茵梅豆。芳心此際。撩亂未應休。風前柳。君知否。獨立頻搔首。

花心動　阮逸女

白下橋頭。垂楊樹。憔悴不堪頻折。禁火山城。試花庭院。初着薄羅時節。許多心事。入春來。穩付與燕喉鶯

舌難拘制。芳心一寸。柔腸千結。○欲向遠人邊說省
旅況閨情。此時誰切。蓬子無根。游絲不定。山海誓盟
空設。夜長幽思生孤。夢經幾度。枕寒燈燼。更無奈風
簾亂篩殘月。

魚遊春水　　陳大聲

春城斜陽裡。薄靄踈烟沉半壘。處處園林。誰為剪香
裁綺。紅亂薔薇錦一機。綠垂楊柳絲千縷。光景飛梭。
繁華流水。○惆悵重樓獨倚。容易東風開桃李。年年
梅子黃時。慵粧倦洗。玉簫長日閑孤鳳。尺書何處憑
雙鯉。芳草連天。綠波千里。

滿庭芳　秦少游

九十春光連朝雨意江郊一霎微晴東皇將去新綠戰殘英飛困漫天柳絮清江上草軟沙平橫橋外有人樓上無語抱秦箏○輕塵生紫陌香車油壁寶馬珠纓半度花依水彷彿登瀛幾度舊歡如夢嘆年來白髮新驚黃昏近細吟歸去鼓角動高城

望海潮　秦少游

芳草閑雲夕陽流水消磨今古豪華春色還來人情不改青鞋又踏江沙小小畫輪車竟鬬紅爭翠來往交加多少游人誤隨歌管到山家○高城隱隱吹笳

正細風欹燕。小雨飛花。短鬢蕭騷。昔遊縹緲等閑楚客興嗟。垂柳古堤斜。清陰拂馬。香絮迷鴉。不憂身外。秪憑爛醉是生涯。

玉樓春　宋子京

漫游不似江堤好。柔綠柳枝輕拂棹。野堂春去燕還來。近市晚晴花欲鬧。◯悠悠岐路相逢少。醉倒尊前君莫笑。年光容易變紅顔。明日試將青鏡照。

錦纏道　陳大聲

小杏繁桃紅紫競開晴晝。假天成不煩雕繡。一時微雨香塵透。茅店青旗斜映青驄首。◯但未老身閑每攜君手。且到處買花沽酒。任莫教辜負韶華。問咸陽宮闕。歌舞而今有。

渡江雲　周美成

小堂臨野意。右橋斜去。細路接江沙。忽驚春色好。多在杏花茅店。兩三家。東風底事。向暗裡偷換年華。輕烟外。層城睥睨。落日送歸鴉。○堪嗟。默默青山。茫茫江水。有片帆西下。撩人處。蘭薰衣袂。揶揄巾紗。浮雲遮却長安路。更無奈滿眼蒹葭。都休論。放歌且對鶯花。

浣溪沙　陳大聲

波映橫塘柳映橋。冷烟疎雨暗庭臯。春城風景勝江郊。○花蕋暗隨蜂作蜜。溪雲還伴鶴歸巢。草堂新竹兩三稍。

又　歐陽永叔

窗外花枝上月輪。相思一枕破梨雲。強呼春酒洗心塵。○白髮似欺多病客。東風偏妬惜花人。却從愁裡又逢春。

如夢令　秦少游

枕滑玉釵斜溜。春困翠眉低皺。簾幙幾重重。又被曉風吹透。如舊。如舊。不爲近來消瘦。

玉漏遲　宋子京

越羅應曉試江南今歲春來早何事東風先着岸花汀草整頓素鞦輕蓋將游翫小亭方沼應悄悄彩旛羅帶看誰呈巧○浮生拚取千金對酒當歌買歡賒笑楚樹吳雲遠客可堪凝眺不省故園何在漁歌送半湖殘照音書杳數過塞鴻多少

踏莎行　黄山谷

細柳新蒲艷桃穠李長江直下靑溪尾欲從溪上避喧囂笙歌轉覺無閑地○媚曆生春薄衫裁綺朱扉忽向風前啓莫憂無酒破春愁花香也解熏人醉

又　　秦少游

細柳平橋蒼煙古渡。昔年倦客停橈處。江蘺漠漠正愁人。音書底事來遲暮。○失意江州。薄情樊素。青衫泪點今無數。欲將離思付春江。春江又恐東流去。

如夢令　　陳大聲

花外細吟俄頃。花裏有人低應。何處却無情。引動轆轤金井。風靜風靜。池水自搖簾影。

憶王孫　　陳大聲

章臺狂柳繫王孫。金屋重衾役夢魂。啼鳥春來最怕聞。近黃昏。猶有濃粧笑倚門。

柳稍青　陳大聲

散步平沙。濕衣吹鬢。雨細風斜。燕子樓前。杜鵑聲裏。幾片飛花。○春江千里無涯。望不斷。澄波暮鴉。歌舞娛人。風光得意。底事思家。

浣溪沙　歐陽永叔

曲角紅闌綉幕深。月華淡淡漏沉沉。玉人有約聽彈琴。○香串自將溫翠被。珮聲何事戀花陰。斷腸此夜可能禁。

又　陳大聲

玉色羅衫映守宮。酒熏香臉暈生紅。侍兒扶過畫闌東○涼影半窗都是月落花滿地不因風春光何苦去匆匆。

金明池　秦少游

細草熏衣長楊拂首還是尋芳舊路絆晴暉游絲百尺纔一煞又飛小雨問誰家占得春多聽歡笑人在玉樓高處嘆杜牧多情秋娘已老不見昔年歌舞○樓外花枝誰是主着意相看紫騮暫住正無人會得幽情被歷歷小鶯如訴看年時帶眼都移憔悴非關酒愁詩苦最怕春來却憐春好此際更憂春去。

海棠春　陳大聲

隔簾鸚鵡呼名巧孤枕夢曉窗先覺庭草綠茵濃天棘青絲裊○耿耿深思付誰低道爭負海棠開早歲歲幾逢君今歲逢君少

西江月　蘇東坡

古渡水搖明月長堤柳矗青霄東風人困馬聲驕穩甜憩落花芳草○醉夢忽游天上高臺十二璚瑤輝輝霞彩映江橋幾處野鶯啼曉

漁家傲　王介甫

曲曲清溪垂柳抱水香冉冉生汀草柳下柴門還窈窕人稀到落花指點山童掃○坐看夕昜林外鳥故

圍三逕歸應早歲月無心人自老清閑好此情只與知音道。

玉樓春　晏同叔

畫樓東畔臨官路何事薄情留更去飛來江燕正殘春開到海棠還細雨○堤上綠楊情最苦折損柔條仍作縷短亭亭外復長亭遙記昔年相送處

千秋歲　秦少游

斷虹雨外城郭輕陰退春欲去心先碎花容疑笑靨草色思羅帶偏相妬鴛鴦兩兩飛成對○久負西樓會塵滿青羅蓋後期應不定初志誰先改情劇也欲

隨精衛塡東海。

眼兒媚　王元澤

海棠無力柳絲柔。應解繫春愁。半餉歡娛。一些恩愛。轉覺難休。○天涯地角知何處。空自倚西樓。月底閑情。枕邊私語。長在心頭。

青門引　張子野

門鎖蒼苔冷。飛絮晚來初定。一春歡笑不曾愁。等閑瘦却。知是甚般病。○騰騰好夢方驚醒。新月簾櫳靜。子規啼罷。誰遣東風。特地撩花影。

浪淘沙　李後主

風驟雨潺潺。小宴闌珊。花枝只恐不禁寒。今夕莫憂明日事。且自追歡◯香篆報更闌。醉倚屏山。天涯別去會應難。明日得閒須重約。携手花間。

又　歐陽永叔

一夜雨和風。損盡花容。玉闌西畔畫樓東。蜂蝶似知春色去。留戀芳叢◯離思苦匆匆。無了無窮。不勝憔悴對殘紅。縱是去年花也落。有箇人同。

蝶戀花　俞克成

何處尋芳天乍曉。日照釵梁。撲撲春蛾鬧。吹向東風還料峭。茸茸綠遍江郊草◯門外雕鞍應不到。悵望

君歸不爲添消瘦休戀異鄉春色早人生只是家中好

蘭陵王　張仲宗

垂珠箔百尺畫樓朱閣簾櫳畔多少仙姝箇箇新粧妬紅藥風光殊作惡亂眼迷心柳枝花萼正此際病渴難禁誰肯寒漿分一勺◯頻年客京洛欲買棹還家被春留着閑情苦把人捎掠經幾度虛歡貯燈停酒及至來時又負約向孤館飄泊◯閣泪強爲樂還細雨漸風不勝蕭索陽臺好夢今非昨曾十萬腰纏醉騎黃鶴維揚舊事到今日未忘却

倦尋芳　王元澤

最愁永夜自入春來情懷却厭長晝睡思騰騰陡覺怕粧慵綉淚不斷如簷溜羅衣香怕都湮透恨東君全不曾知得倚門相候○飛塵滿瑤箏錦瑟席上尊前負却纖手無限閑花浪草也無心鬬斜日空庭風定後芳菲滿眼遲依舊問垂楊比腰肢果誰清瘦

祝英臺近　辛幼安

晚潮平人欲渡愁極望南浦碧草萋萋清江自烟雨也知紅粉無情故園回首春船又待留人住○休重覷想倚市傾城顏色謾勞數錦字題封若箇為寄語

歡娛不是輕拋子規啼處勸我道不如歸去

燕臺春　張子野

寶馬頻嘶朱門不閉內家侍宴方回星彩正依微香塵拂面吹來綺羅屏障交開看宮花壓帽紅燈照導畫輪車子闐響春雷○行人佇目宿鳥驚飛小幢輕蓋碍柳妨梅清風十里霏霏滿路薰煤旣知親見猶疑夢裏瑤臺近蓬萊歸來殘月下踏影徘徊

憶秦娥　康伯可

人寂寞多愁不是風光惡風光惡傷秋短髮向春先落○今春又負花間約此情更比浮雲薄浮雲薄似

有還無。一時消卻。

念奴嬌　李易安

朱門湖上。向凄風冷雨。爲誰深閉。迤邐湖堤三十里。吹不斷水香花氣。繫馬垂楊。惱人狂絮。若箇知風味。江南倦客。春晚又無梅寄。○常思一擲千金。評紅揀翠。醉把銀箏。倚不料而今。添白髮往事。怕人說起。金谷花明新豐酒美。到處還留意。故鄉書屋。不知江燕歸未。

風入松　康伯可

玉簫聲歇彩鸞歸。舊事依稀。滿院綠陰春去後。閑情

寄窓葉繁枝可意不來今雨好花開過多時○小樓日日盼佳期則是翠眉斷雲殘雨還如昨嘆天涯岐路東西怪殺說愁雙燕向人不肯高飛

水龍吟　陸務觀

十二平橋湖上路○一笛梅花弄晚禁烟時候乍雨還晴輕寒不暖春服重裁紅顏未老又聞絃管看堆紅注綠酒觴花擔漸塞滿閑亭館○一刻千金不換登時間夕昜人散嬌雲送馬高林啼鳥遠波低鴈回首那堪歸鴉城郭斷鐘樓觀擬明朝來拾墜鈿遺珥怕落紅填滿○

又　　陳同甫

東皇醞釀工夫柳系柔弱莎茵軟着意尋芳容易春歸莫嫌春淺花氣蒸衣春光潑眼江村晴煖王謝亭臺都非舊主還飛入當時燕◯追念風流事遠半零落玉釵金鳳巫山舊夢微雲薄雨暮期朝散何處無情琵琶一曲向人彈怨滿座中只有江州司馬寸腸先斷

酹江月　　辛幼安

孤吟旅邸便匆匆負了好時佳節紅杏墻頭初見處自有許多嬌怯素束清粧輕顰淺笑全與他人別含

情默默一些閑話難說○多情却恨無情惆悵歸來
立馬看新月彩雲盡逐東風散惟有花陰重疊仙苑
幽芳也應珍重怎許輕攀折老天何苦暗中添上華
髮

鷓鴣天　陳大聲

獨步閑庭日幾回多愁不飲且停杯春來先是啼鶯
覺花早勿勞細雨催○新白髮舊青鞋逢春那得好
懷開東風挽得行雲住疑是秦娥度曲來

摸魚兒　陳大聲

誰叶落滿林紅雨子規聲催將春去惜春合向花前

醉莫計酒杯行數春不住全不顧綠陰冷淡城南路問春不語怪東風爲誰作惡則管吹狂絮○青樓夢懊恨當年錯誤惹教燕鶯相妬離情欲倩江淹賦切處向人難訴歌與舞俱消歇客衣蓬鬢猶塵土何勞自苦幾欲不思量沉吟又有一點不忘處

丹鳳吟　周美成

開尊何處正在鬪鴨池塘飛花臺閣輕塵不到窈窕繡屏朱幕殘春時候一番雨過水面風清樹頭雲薄拚醉花前休論身外些子虛名輕似蝸角○鎮日放懷消遣近來何事情轉惡少箇知音在只恐他那處

巫山夢好把雨雲重握病餘肌骨真不奈銷鑠豈堪
青鏡漸漸鬢毛凋落這等凄涼誰問着

浪淘沙慢　　陳大聲

輕烟散蒼凉初日半明城堞應是孤舟早發陽關先
唱一闋省對面那人腸寸結手牽定弱柳羞折正萬
縷千系同妾意君恩從此絕○情切綠蕪平野空濶
忽風度角聲到耳處便覺腔轉咽後會難期莫便輕
别清尊不竭自清晨只話到江橋新月望裏雲山千
萬疊知明夜誰家馬歇可思念青銅鸞影缺徘徊久
無計相留傷行色桃花零亂飛紅雪

憶舊游　陳大聲

怪情懷太惡。人去昨朝。腸斷今宵。亂髮如秋草。任頻梳細櫛。只是蕭蕭。紙窗靜鋪明月。風定竹還搖。恁憔悴休疑。無心花朶也。解紅銷。○追思正年少。慣走馬章臺。逐對聯鑣。酣醉歸常晚。被花牽柳絆。燕請鶯招。而今舊游還在。波浪沒藍橋。聽春盡隣家。玉笙空自吹碧桃。

瑞鶴僊　歐陽永叔

落紅誰印。午夢醒雲鬟無人爲整。香消博山冷。欲起來生怕益朱勻粉。黃鶯何處。盡情啼。新梧小井。向闌干畫損金釵九十好春將盡。○深省。歡娛都過寂寞誰知。這般光景蛛絲鵲噪。何曾見一番進。既無情休把音書頻寄。且待歸來細問問東君夜夜心神。可能安穩。

清平樂　趙德麟

長條新舊。忍見河橋柳。春到鵞黃初染就。又是送行時候。○正當洛下東門。風風雨雨銷魂。報道離鞍去也。斷腸怕到黃昏。

阮郎歸　歐陽永叔

夕陽樓上夢回時。樓前驕馬嘶。生憎楊柳妬蛾眉。楊

花晴更飛○香臉淡翠裙低傍闌纖手垂晩涼吹上六銖衣近人螢火飛

浣溪沙

陳大聲

小院深深燕不飛闌干十二映晴暉行雲初向夢中歸○蟬鬢風撩雲影亂粉腮紅印枕痕微玉人中酒乍醒時

滿江紅

張仲宗

斷送好春風又雨果因誰惡鎮日無聊遠書不到舊病仍作萍梗隨波去復回楊花作雪飛還落怪王孫何事不歸來常飄泊○既知得情全薄却又怕人提

着。且寬懷一盞。自家斟酌。正是怯寒、樓上坐。東風又把簾衣約。見春山點點。割愁腸。青如削。

蝶戀花　　宴同叔

晝永湘簾通乳燕。閑角新晴。風觸蛛絲亂。滿地蒼苔人不見。淡烟冷落垂楊院。○樹樹好花開欲遍。閣泪看花。花貌欺人面。千里青山勞望眼。行人更比青山遠。

又　　蘇東坡

花拂壺觴香徑小。醉客麤豪。不厭笙歌繞。離別常多相聚少。大家着意憐、芳草。○耳畔有人低說道。白髮

無情。切莫孤歡笑。歡笑須臾終悄悄。明朝世事還來
惱。

浣溪沙　周美成

春柳樓前鎮日垂。春江門外湫無涯。春禽沓沓浪成
梯。◯珊枕是誰驚午夢。琴床頻見墜香泥。燕雛飛過
鷓鴣啼。

玉樓春　温飛卿

好花看遍城南道。爛醉重來藉芳草。勝地那容俗客
游。更籌只許佳人報。◯清歌近樹鳥頻驚。狂絮滿堦
風自掃。春光休笑白頭人。借問春光爲誰老。

臨江仙　晁無咎

媚景佳辰都負却。緘情錦字空收。春江渺渺滯歸舟。夢中猶說夢。愁外更生愁。○幾夜碧桃花影下。怪他新月如鈎。嶺雲江樹滿西樓。不知雲樹外。何處是并州。

玉樓春　歐陽炯

褥隱芙蓉屏障錦。日滿粧樓人獨寢。杜鵑何事不留春。胡蝶有情還戀枕。○花開酒熟愁仍甚。花下玉簫誰待品。寂寥不是厭韶華。他日逢君須滿飲。

浣溪沙　秦少游

金鴨烟消冷篆香。翠盤歌歇罷霓裳。小梁雙燕爲誰忙。○春夢也應隨日短。柳絲非是爲愁長。慵慵過了好時光。

應天長 寒食　　周美成

江城又寒食。笑白髮南州客。誰解我宦居春寂。守文園渴病經年。謬稱通籍。○此日正思家。流水柴門。絶勝椒圖壁。遂得二疏心愿。重歸舊田宅。步入春風巷陌。杳不見紅塵踪跡。一程程花柳相迎。似曾相識。

訴衷情　　陳大聲

闔閭門外百花洲。花片逐春流。不見昔年歌舞。孤角

起樵樓○人意好酒香浮且追游古臺荒砌平湖落日切莫回頭

三臺　清明應制　　万俟雅言

看年年陪宴節候經過幾番微雨占春光不獨鳳樓臺也自有鷺洲鴛浦弄東風細柳金千縷錦障布四圍紅霧及良辰未見花開聞詔遣玉奴催鼓喜遍賜薄羅小扇一晌忽驚寒去擁天成圖畫列青眉紫袖盡楚姬吳女○石紋平甃玉夾輿路東西映綺窗雕戶啼鶯近似和清歌飛蝶小誤疑輕絮賀昇平明日再賞荏苒夕陽將暮意此身

何幸官

淸朝幾得到九重深處回首早翠烟浮絳炬聽珮聲
歸下臺府諸文武特從　宸游報四海天停戎務

蝶戀花　　　　　　　　　　趙德麟

盼將春來春又去滿院飛花那識春歸處着意留春
春未許惱人無柰風和雨○孤悶柔腸知幾縷怨別
傷春更覺多頭緒夢裡尋君常錯誤悠悠南北東西
路

鬬百花　　　　　　　　　　柳耆卿

隔竹小桃鮮媚相映野塘叢樹鳧鷖穩占平莎蜂蝶

自隨狂絮整粧罷却風流挑菜也無情緒寂寞深扃戶○厭病長愁都把青春虛度向杜宇啼時綉針停處損盡柔腸見人佯作歡娛不住淚珠如雨

西江月　陳大聲

長日餘花自落無風弱柳還搖閑愁多少寄眉梢一枕曉鶯啼覺○金鴨漸消香篆玉觴罷勸春醪相思暮暮又朝朝不省何年是了

卜筭子　僧皎如晦

惜別更傷春人住春難住胡蝶紛紛最惱人也過西家去○人巳逐春歸恐見江亭路九十韶光自不容

何必憎風雨。

如夢令　周美成

行到柳塘清處。閑看錦鱗吹絮。好句費吟哦。迷却柳邊歸路。無緒無緒。花落滿林紅雨。

武陵春　李易安

汨汨離愁消不得。閑步向大江頭。離愁萬斛幾時休。江波日夜流。〇去年曾踏江皐路。柳下送郎舟。今歲垂楊也繫舟。知又有幾人愁。

惒王孫　陳大聲

夢回悄悄。被春懊惱。重戶扃春。薄衾戀曉。杜鵑叫落

殘紅不因風○對花欲問春歸處匆匆去好景都辜負自期自慾可能化作行雲遠尋君

八六子　　秦少游

近江亭問他江草因甚喚得愁生見楊柳倚風清瘦花枝照水分明黯然自驚○何人爲念娉婷歷歷新鶯多事遲遲舊鴈無情對媚眼春光娛心樂事二難四美未易相幷明月爲誰圓缺浮雲隨意陰晴晚烟凝又添歸鴉數聲

眼兒媚　　陳大聲

簾幕低垂護得寒數曲小闌干海棠紅重薔薇香膩

郎漸凋殘。○清明過了懨懨病。刀尺一春閑怕聽羞

見。慾中花鳥夢。裡關山。

桃源憶故人　　陳大聲

梨雲白弄紗窗曉。春夢此時醒了。可怪玉籠嬌鳥。說

出情多少。○風裡綠楊垂裊裊。時把畫闌輕掃。一院

艷紅都老。倦眼迷芳草。

畫堂春　　陳大聲

相思春夢許多長。小樓睡熟殘陽。起來剛暖玉爐香。

自覺慵粧。○芳草望中千里綠波。何處三湘。爲郎欲

整舊衣裳。肥瘦難量。

小重山　趙德仁

花竹深深日上遲。小簾初捲處。燕交飛。再乘餘興弄殘卮。驚午夢。鵝鴨滿芳池。〇誰畫遠山眉。薄情京兆尹。去多時。伶仃孤影怕相隨。雙蝴蝶。爭舞海棠西。

望湘人　賀方回

摻地殘紅。障園新綠。好春將過多半。梅子酸心。藤稍刺眼。怕見纖簾鉤晚。鳳枕寒。鴛衾夜剩。倩誰生煖。恨楚臺雲冷。秦樓月滿。吹簫無伴。〇情似遊絲不斷。經幾朝間濶。便知疎遠。竟失却桃源。自是劉郎緣淺。桃花洞口。胡麻溪畔。處望玉真樓觀。獨不見青鳥飛來空有許多鶯燕。

長相思　馮延巳

恨花枝。問花枝。何事今春放較遲。歲華能轉移。○許佳期。誤佳期。冷落門前鞍馬稀。不同君見時。

攤破浣溪沙　李景

楊柳梢頭月一鈎。黃昏無語倚西樓。滿眼斷雲連剩雨。兩悠悠。○燭到殘時方罷淚。人從閑裡易生愁。無奈少年光景去如流。

浣溪沙 二首　陳大聲

且稱紅顏勸酒杯。習家池上好亭臺。好光陰去不能回○獨艷却留春後放。美人偏向雨中來。夕陽有意待徘徊。

歸鳥投林倦不飛。老翁飲社醉如泥。透簾花霧濕春衣。○滿院綠苔無客到。映門修竹有鶯啼。山林清趣幾人知。

卜算子　晏同叔

淺笑囑東君。暫爲停嬌馬。日短不成歡。燒燭論今夜。○把酒問春光。前月荼蘼謝。不見一花飛。晚景遲遲下。

生查子　秦處度

從小束腰肢。不是因郎瘦。自有春愁在兩眉。不省郎知否。◯落日正飛鳧。記得曾分手。忍見垂楊折後枝。還拂杯中酒。

謁金門　陳大聲

懷南浦。正是冷烟踈雨。一片離情隨去艣。回首重重樹。◯此意却依誰語。化作彩雲飛去。今日欲尋南浦路。怎却停杯處。

如夢令　歐陽永叔

翠幙玉鈎雙控。春曉繡衾寒重。擡首起來時。不顧短釵欹鳳。情動。情動。咲倩小紅評夢。

如夢令　　陳大聲

一剪小園□□困此時方解。含笑上鞦韆。再束繡

鴛羅帶墻□得那人先在。

坐隱先生精訂草堂餘意卷下

新都環翠堂藏板

夏意

隔浦蓮　周美成

紅闌相暎翠葆。素飾軒窗窈。簾靜翻雛燕。庭閑度輕鳥。砌綠叢幽草。蜂還鬧。殘絮飛池沼。荷盤小。◎無聊睡起。再將芳醑傾倒。一醉都忘。任取世情昏曉。茶臼敲餘客初到。爲問斜陽尚在林表。

賀新郎　葉夢得

長日無人語。伴西齋圖書萬卷。牙籤無數。午夢醒來酒未醒。欹枕閑看蝶舞。惟此處堪消炎暑。細細南風吹着面。喜高槐萬葉鳴齊女。覺微涼有如許。◯宛然身在瀟湘渚。近幽牕紅闌碧甃。或飛香雨。滿眼、金蘭還可佩。欲覓三閭問取。聽瑶琴寄情誰與。天遠美人期不至。好關山不是兵戈阻。碎柔腸幾千縷。

念奴嬌　　僧仲殊

池亭落日。纔倒盡璃杯。碧筒重酌。時有清飈生絺綌。坐近小簾低箔。美事娛心。餘音戀耳。錦瑟初停却。百竿修竹。粉痕初迸新籜。◯隨意散髮披襟。休言天上有紫薇臺閣。飲社高陽皆故舊。不厭暮期朝約。風月

清閑功名淡薄彩筆情堪託淵明高臥北牕誰道蕭索

瀟湘逢故人慢　陳大聲

清江避暑有敞亭依柳幾處行窩日將午風初定參差簾影細漾層波枕書臥起聽新蟬正咽涼柯輕雲送半江烟雨誰家艇子披簑○瀟湘意非點染見方方水禽沙鳥飛過綠樹更淒淒暎幾簇紅榴萬點圓荷何時載酒賞韋娘一曲清歌須喚取教坊隊子尊前協奏雲和

洞仙歌　蘇東坡

殿角涼生。漸消卻香汗。水上璚臺露華滿。流螢知幾點。恰繞井欄飛箇箇。忽被細風吹亂。◯自搔雙短鬢。仰面閑看。似覺高城礙銀漢。愛月故眠遲。月也怜人。不肯放翠桐陰轉。試問取樽中有酒無。擗解下金魚。隔墻重換。

雨中花　王逐客

別院笙歌來斷續閑。一派羽絲宮竹。愛繞樹停雲。穿花度幙。響應闌干玉。◯此恨謾勞題錦軸。且吟對滿園新綠。往事難追。舊歡如夢。忍聽新翻曲。

臨江仙　歐陽永叔

斜日採蓮歌乍歇有聲却又無聲半湖殘雨落霞明
新秋未到先有嫩涼生◯一段相思湖水上摇摇不
定心旌暮山高下暮雲平行人不渡只有斷橋横

夏初臨　劉巨濟

簃柳籠堤早蓮出水望中水遠堤長碧甃樓臺亭亭
萬箇修篁況是春花飛過了隔墻別有花香長安倦
客塵心到此也自清涼◯是誰塗點幽堦曲砌榴紅
槿白草綠萱黃壺觴戀我也應我戀壺觴醉嗔紅粧
看金釵玉燕行行近銀床梧桐月來影蔭長廊

滿庭芳　周美成

醉傷清溪。坐臨明月。月中扇影同圓。熏爐深夜。不斷水沉烟。何處清聲到耳。粉墻邊流水濺濺。餘歡在。咲攜樽俎。重上納涼船。○忽時豪興發。停燈拂練揮筆如椽。向藕花香裡。楊柳橋前。桃葉桃根何在。歎銀箏零落朱絃。風光好。不須歸去。且對白鷗眠。

浣溪沙 二首　陳大聲

雨浥荷花十里香。柳風吹鬢不勝涼。悠悠雲影共天光。○紈扇寫情留醉墨。彩舟乘月泛迴塘。舊游一一費思量。

乳燕將雛營棟壘成。水禽輕踏露荷傾。日長無事坐幽

亭。◯哀角暫停蟬正咽。奕碁初動鶴先驚。斷虹雨外
報新晴。

好事近　蔣子雲

纔見楝花殘。又是海榴風落。漸覺幾分涼意。到水邊
虛閣。◯許多白髮上頭來。世事都非昨。好買五湖舟
子。伴漁樵棲泊。

小重山　陳大聲

楊柳垂簾綠正濃。繞欄隨砌。萱草叢叢。玉人環珮響
丁東。雲屏隔。吹出麝蘭風。◯竚立小房櫳。總然相見
得。也成空。兩心那許便相同。青鸞信。恐在御溝中。

阮郎歸　　蘇子瞻

夕陽滿樹亂鳴蟬。飛塵滿舜絃。重門靜掩斷茶烟。偏慵清晝眠○新竹亂。碧蕉翻。南山青兀然。酒醒汲井漱清泉。槐陰午正圓。

賀新郎　　陳大聲

曉日明金屋。起來時淡粧初罷。幾番熏浴。門外有誰催侍宴。重整釵金鈿玉。全不比司空見熟。爲雨爲雲都不解。向樽前只唱新歌曲。更不管閑絲竹○綠鬢冉冉修眉蹙。問蒼穹可教怜我。客懷孤獨。交錯酒籌君莫較。且看纖腰一束。宜迴避凡紅常綠。歌罷向人嬌不起。寄等閑蜂蝶休窺觸。還宜把繡簾簌。

千秋歲　　謝無逸

矮闌迴砌。時有薰風細。正楊柳三眠起。燒空榴火艶。近井桐陰翠。調琴罷。熏香又待催人睡。◯錦字倩誰寄。滄海愁難洗。初病後。今年裡淺紅都褪臉舊淚多凝袂。休猜忌。閑門只是清如水。

阮郎歸　　曾純夫

孤鸞青鏡掩清光。漫漫幽恨長。綠陰漸滿小池塘。韶光因底忙。◯波不定絮輕揚。晚來風太狂。相思坐盡玉爐香。月明空滿梁。

塞翁吟　周美成

小閣臨清景千章夏木青葱山無數大江東削萬朶芙蓉西郊三月全無雨火雲似欲燒空微靄散碧簾重返照斂餘紅○忡忡舊事業蹉跎夢裡閑歲月消磨醉中儘長日撫松看竹何須問玉帛徵求紫誥泥封君看靖節容易歸來三徑清風

夏雲峰　陳大聲

小門深孫楊靜正是晝漏沉沉何必尋幽問勝郭外江濤輕風霎雨喜清涼滌盡煩襟長日有瑤琴三尺是知音○紅塵奔逐無心歷乾坤許多俯仰曾禁回

首功名已過老病交侵昏昏高臥細賡和楚些陶吟
穩受用高槐翠竹窗影疎陰

過澗歇　柳耆卿

綠樹滿北隣南里新足四郊時雨念孤旅故國腴田
數頃草屋依淮浦虛名絆山靈爲倩誰傳語◯此際
應痛我幾入夏經春盡從愁裡無方避塵暑著飛夢游
神松堂竹院露臺月館人間别有清涼處

法曲獻仙音　周美成

水殿烟消露臺風快坐見客星時度宿鳥移柯疎螢
積草寂寞夜深扃戶正紈扇初抛處涼生夜來雨◯

向誰語有春蠶似我撩亂心緒嗟好事難成易阻欲
賦洛神辭記難眞一段媚嫵顚倒芳心數番虛寫霜
素想天涯海角只是夢蒐飛去

側犯　陳大聲

挈歡扶醉溫泉浴罷新粧靚明月上一片瑶天弄飛
鏡尋涼依露草設宴臨香徑爐烟凝客袂池風亂荷
影○氷壺玉碗相對全清瑩應自省白頭人還是舊
荀令報道更深天街久靜素手重攜繞吟桐井

賀新郎　趙文鼎

雲幕風初捲傍西池樹屏濃繞草茵香展滿酌璚杯

聊自飲任取笙歌別院風流事年來覺懶莫道靜中
真寂寞日長時自有流鶯囀看景趣更無限◯海榴
泣雨嬌紅顫短墻頭柳枝綠短竹梢青亂小簟矮床
隨處好偏稱綸巾羽扇鬢翠縷一絲香篆自倒玉山
沉醉也又蛾眉新月簾櫳晚隔紅塵許多遠

過秦樓　周美成

午景移簷好風吹座睡鴨寶香燒斷幽歡暫隔宿寵
猶存詩句錯題秋扇試點檢幽闌邊榴放何枝萱黃
幾箭鎮多愁怕見長安日近楚臺人遠◯誰待問雲
冷歌臺塵生粧鑑纖手搗紅羞染香肌損盡白髮添

多只有此心難變自東君別後獨保真誠何嘗咲倩
寫相思不盡封寄春衫淚點

秋意

滿江紅　趙文鼎

獨上高臺殘月曉露華猶濕臺上見萬里澄江古磯
荒蹟秋水無痕涵上下浮雲有意遮西北想當年宋
玉賦應哀傷秋色○恁憔悴江南客經幾度蘋花白
歎魚鴈消沉關山阻隔伯業雄圖何處問倚闌干送
目中原極無愁中生出許多愁填胸臆

憶秦娥　李太白

聲鳴咽孤城曉角吹霜月吹霜月。不堪瞑色惱人離別。○登臨況是愁時節。英雄舊恨何年絕。何年絕。白烟涼草。六朝宮闕。

菩薩蠻 二首　　秦少游

彩雲夢斷珊瑚枕。西風愁碎霜林錦。風景正蒼涼。山長水更長。○懶粧依翠幌。細雨粧樓暗。早是怯孤眠。薄衾容易寒。

秋聲颯颯凋梧葉。驚烏繞樹啼三匝。銀漢正低垂。星依銀漢飛。○舊愁知若許。短髮愁千縷。吹笛不堪聞。月明江上村。

小重山　汪彥章

楚客孤舟繫晚汀。楚江空濶處。楚山青。青燈一點對踈螢。無人語。搔首滿天星。○往事記丁寧。玉京人相隔幾郵亭。遙知新病倚雲屏。天邊鴈。今夜更難聽。

擣練子　李太白

金井冷。碧梧雙。一片秋聲鬧客窻。欲拂斷牋題數字。寂寥誰與剔銀釭。

點絳唇　汪彥章

席上羞歌春嬌。爲倩風扶起。內家高髻。小結西山翠。○薄薄仙雲。誰與裁輕袂。臨秋水。芙蓉無二。一咲把璚

慶春宮　柳耆卿

故里荒烟平居凉靄清江曲抱孫城亂渚黄蘆倚岩踈樹吹來滿耳秋聲窮途蕭索歎楚客年來鬢星且宜尋樂莫爲虛名到處羈縈○青娥皓齒相迎美酒嬌歌好慰飄零半晌奇歡幾多微語正當月白風清却嫌更漏促暫一覺高唐夢戚只恐明夜細雨寒窗更是傷情

金菊對芙蓉　康伯可

山雨塗青柳風梳翠霜林紅暎清暉正尊鱸興起遠

客將歸扁舟艤遍秋江上覓芙蓉今歲開遲自驚還
咲心猶未定書去多時○有人憔悴重幃怨繡衾鴛
冷青鏡鸞飛望長安不見咫尺雲迷休文近日憹衣
帶想韋娘也瘦氷肌兩地相思五更清淚若個先垂

拜星月慢　　周美成

冷雨鳴窗淒風撼樹轉覺秋燈易暗歷歷清砧起誰
家深院忖離思似絶滄溟白石應是幾時枯爛水性
萍蹤定何年重見○風流舊有如花面春城好馬繫
秦樓畔許多緣意紅情肯匆匆分散縱音書誰信眠
孤館數長更悶淚頻嗟嘆纔夢裡一霎相逢被曉鐘

擣斷

更漏子　温飛卿

角吹愁砧搗淚催起小窗鄉思梧葉老菊花殘又增今夜寒○更無奈風兼雨此際離人最苦尋短夢聽秋聲秋堂孤燭明

千秋歲引　王介甫

蒼靄江涯殘霞樓角一鴈泬泬度寥廓客懷蕭索怕逢秋不堪短髮逢秋落好風光閑歲月今非昨○老去怕教塵事縛虛名何用登麟閣說地談天都罷却解組欲尋彭澤意探芝先訂商山約聽晨鐘驚暮鼓

休提着

風流子　　張文潛

幾朝風又雨匆匆裡斷送一番秋看小砌閑庭矮籬荒圃菊殘桂老蝶懶蜂羞傷情處青衫淹客淚白髮上人頭物換星移昔非今是冷烟衰草金谷瓊樓○來年知健否榮枯眞一夢身世悠悠且喜雞壇人在酒盞香浮好尋歡覓笑僧窗道院歌臺舞榭儘可消愁記取西風落帽千古風流

尾犯　　柳耆卿

驚夢錯疑人却是西風吹動鈴索夢裡形蹤但覺茫

邈屏山薄燭影孤搖庭院悄簷花細落怪多情舊寵新歡一旦拋却○當初先不合邂逅便教心諾暮逐朝陪又何曾違約奈等閑離去幾辜負清歌淺酌客囊金在又將恩愛誰行博

宴清都　周美成

永夜沉鐘鼓覺眼底凄涼甚似前度非風非雨鬧枝浪葉也來敲戸彩鸞依舊飛回望不見吹簫伴侶文園病倒相如千金却買誰賦○錦機織就回紋無人解得縈愁繫苦點點征鴻不報平安向南飛去天涯有日相見須細問留連甚處便尋常歡咲都忘初情

記否。

何滿子　孫巨源

紅葉聊題舊恨。朱絃忽變新音。逆旅偏傷秋色晚。異鄉重九將臨。照夜疎燈缺月。敲愁斷杵清砧。◯寒露滴殘蕉葉。西風攪碎桐陰。一片惱人眠不得。江淹只恐曾禁。不省桃源舊路。總然有夢難尋

蝶戀花　晏叔原

媚綠嬌紅都數遍。獨有秋娘。淺淡陪秋宴。舞歇翠盤歌罷扇。湘裙六幅垂銀練。◯念想經年初識面。軟語柔情恰似曾相見。人背小樓明月轉。從今歡愛都成

怨。

玉蝴蝶　　柳耆卿

一段江南秋色。遥山擁翠。遠水揺光。非霧非烟。非塗非染。望中自覺荒涼。度極浦鷗輕鴈小。亂平洲蘋白蘆黄。最堪傷。天涯咫尺。音問茫茫。○思量。新來惹得一身愁苦。兩鬢風霜。嶺雲江水。却從何處認瀟湘。陽臺賦虚勞宋玉。藍橋事未濟裴航。徘徊久。歸鴉數點又送殘陽。

氐州第一　　周美成

漫野蕭條。殘陽冷淡。遠山轉覺青小。鴈影沉吳江流

入楚故鄉消息縹緲病起潘安臨水鬢毛羞照姤態
芙蓉關情楊柳不知人老○懊惱常多歡聚少鎮日
被愁縈繞世路縱橫是非顛倒美玉慚空抱小前程
何足問且歸去仰天大笑四十年來一夢中而今盡
曉

疎簾淡月　張宗瑞

酸風細細也會把總前碧蕉吹碎寒漏沉沉陡覺布
衾如水忘憂縱是終朝醉剛醒後便添憔悴楚館閑
情秦臺舊意不須提起○年少常從醉裡弄玉摶珠
舞紅歌翠爭解桃源回首不通塵世而今方識淒涼

咊望絕錦鱗千里吟銷絳燭落葉驚鴉轉教難寐

霜葉飛　周美成

夜闌珊枕回孤夢一聲新鴈雲表碧梧翠竹影交加正秋堂清悄喔喔隣雞唱曉半鈎霜月窺簾小見翠幕凝寒有一點殘燈短焰向人猶照◯幾遍誤說還家終是無憑番厭音信頻到欲尋絃上訴淒涼把箜篌羞抱一曲離鸞未了西風吹入高騈調君只道關山杳眼底行人又歸多少

菩薩蠻　李太白

幾家破屋人猶織蟋蟀淒淒夜燈碧歡咲在西樓誰

怜機上愁○瘦馬溪頭立一片傷心急月上問歸程。
寒烟深野亭。

又　秦少游

多愁短鬢經秋白照人好月因誰缺陡覺枕衾寒夢
殘燈亦殘○何處尋消息絡緯鳴秋急恰待寫相思
寸心如亂絲。

如夢令　陳大聲

深夜客窗纔睡不省寒螿何意飛近耳邊來說出許
多心事相似相似細聽有腔無字。

冬意

木蘭花令　　徐昌圖

金猊瑞腦噴香霧向晚寒多深閉戶窗明殘雪積飛璚風起亂雲飄敗絮○錦幃細看霓裳舞小玉銀箏學鶯語梅香滿座襲人衣誰道江橋無覓處

白苧　　柳耆卿

晚風漸初聽處凍雨滴瀝黑雲黯黯六合一時蒙冪樓高望中不見遠山碧誰激怒馮夷將萬斛明珠輕擲由他老松蒼檜也教失色辨越嶠秦川無處尋踪跡○深惜謝衣風韻陶鼎濤高後來此趣更許何人占得迷茫裡正難問逋仙宅摩挲醉眼轉覺乾坤小

一身難側疑是吟魂等閑誤入瑤城銀國。造化應誰。識此真消息。

漁家傲　陳大聲

索咲看梅梅欲綻。風吹一夜枝頭遍。應是江南天氣暖。游蜂懶。夕陽困抱花心滿。○萬里遙天雲幕捲。寒林蔟簇瑤山遠。笛裡梅花吹又斷。江城晚。不堪蓬鬢霜風亂。

重疊金　黃叔暘

小梅香冷瑤臺雪。雪光皎姤紗窗月。窗裡有佳人。幾般相鬬清。○誰能憐獨客。小枕欹終夕。飛夢去江干。

又添驪背寒。
桃源憶故人　秦少游
多情自是風流種。天與精神誰共。日午晝蛾簪鳳。錦
障氍毹擁。○小闌春意梅邊動。驚起梨雲香夢。隔屋
恁般寒。重。猶把鸞簫弄。
點絳唇　汪彥章
戀月徐行。明河耿耿。繁珠斗。幾番回首。顧影憐清瘦
○月下星前。少箇人攜手。歸來否。早梅開後。共飲椒
花酒。
滿路花　周美成

輕歌聲入雲。小舞肌廻雪。秦樓論聲價。眞高絕。一搦腰肢。只恐風吹折。幾朝成間闊。又見春生。正當暮冬時節。◯滿眼璚花冷。暎榴裙血。殷勤杯到手。佯羞接。向人無語。掩燭私情切。且把歡娛說。休問道天明還有離別。

少年游　　陳大聲

玳瑁陳筵。芙蓉簇障。春色注金橙。白雪腔新。沉香火煖。玉手弄瑤笙。◯銀河流去參橫午。報道又殘更。醉興方濃。有人門外。騎馬踏霜行。

紅林檎近　　陳大聲

瘦竹叢低翠古梅生細香饑鳥語璚樹寒波淨銀塘
掃雪自烹佳茗開樽喜近晴窗又何用喚紅粧幽谷
韻笙簧皎月照几案微烟渺江鄉愛他釣叟一簑
穩占漁梁老梅香處翠羽啼時無邊清氣歸詠觴

醜奴兒令　康伯可

銷金帳底人如玉歌遶梨雲月印梅痕次第笙歌一
片春乾坤別有清高處瀟洒江村靜掩柴門僵卧
黎床傲世人

青玉案　陳瑩中

寒山一帶銀屏遶見宇宙冰壺悄擊壤西疇農預曉

臘前三白豐年相報。調燮歸元老。○玉鸞白鳳飛顛
倒。正竹下柴門爲君掃。淸溪流水斜橋淡月不減山
陰好。

憶秦娥　　陳大聲

垂簾幕。金蟲零碎燈花落。燈花落。滿天涼月一聲鳴
鶴。○離愁汩汩香醪薄。故人不見眞蕭索。眞蕭索。夜
深不寐重登西閣。

早梅芳　　周美成

院宇深。風光好。南國春將到。是否梅開。醉把紅燈試
高照。香浮殘雪動。影弄寒蟾。小叉誰家。却把羌笛奏

天曉○酒微醺歌未了愁上長安道淸霜凝袂漸覺
踈星沒雲表聞雞茅店遠度柳山橋抱迷茫中不知
前路杳

菩薩蠻　陳大聲

月輪低轉紅欄曲竹枝冷動踈叢綠不見越溪舟夜
深空倚樓○君舟知未發且對庭中雪歲暮好相看
梅花偏奈寒

望遠行　柳耆卿

老梅近水黃昏疑是素娥飛下凍雲初斂滿月纔升
一片冷光流瓦誰道三冬風景秪宜江上庭院正堪

圖畫一刻比春宵更須增價◎清雅時見松梢風動細雪向人輕洒醉眼模糊吟魂冷淡彷彿誤眠瑤野翠羽頻啼羅浮何處孤影久依芳樹覺參橫斗轉方驚殘夜

如夢令　陳大聲

日晏繡簾初掛雪滿小樓鴛瓦睡起覺寒輕坐近玉梅窗下粧罷粧罷眉黛倩誰重畫

精訂草堂餘意卷下　毕